JN073289

Contents

Design/木村デザイン・ラボ

娘のままじゃ、お嫁さんになれない！ 2

著 なかひろ
illust 涼香

I can't be a bride
if I'm still your daughter.
Author:Nakahiro
Illustrator:Ryohka

Character

見取（みどり） 桜人（さくらと）

26才、社会人五年目の高校教師。
専門は地理歴史科。
冒険家だった祖父の忘れ形見である
藍良を引き取り、共同生活を送る。
家では父として、学校では先生として
藍良に節度ある関係を望んでいる。

星咲（ほしざき） 藍良（あいら）

15才、高校一年生。無国籍者。
日本人離れした、
銀髪碧眼色白の美少女。
唯一の肉親である
桜人の祖父が亡くなり、
天涯孤独の身になってしまう。
見兼ねた桜人が彼女を
娘として引き取ることに。

プロローグ

「さっくん。ちょっとそこに座りなさい」

仕事帰りの俺がダイニングに顔を出すと、エプロン姿の藍良が腰に手を当てて待っていた。

なにやら剣呑な雰囲気を醸していたので、俺はいぶかりながらも、ひとまずダイニングとつながっているリビングのソファに座った。

「そうじゃない。正座」

「……え」

「正座」

あれ、なんか既視感あるぞ。前にもあったよな、このやり取り？

藍良の凄みに観念するしかなかった俺は、ソファの下のカーペットに正座する。満足そうにうなずいた藍良もまた、俺の正面に背筋を伸ばして正座した。

「ねえ、さっくん。私、さっくんが帰ってくる前に、さっくんの部屋を掃除してたんだけど」

……やっぱりか。このあとに続く展開にも予想がつく。

「そしたらね、さっくん。棚に飾ってあるあみぐるみがなんと、ドリームキャッチャーの代わりにこんなものを抱いてたのよ」

藍良の手にはビールの空き缶が握られていた。「獲ったどー！」と言わんばかりに高々と掲げ、俺に見せつける。

ちなみにあみぐるみというのは、毛糸で作るぬいぐるみのこと。そしてドリームキャッチャーというのは、寝室に飾ることで悪夢から守ってくれると言われる魔除けの一種だ。

編み物を趣味にする藍良が、俺のために編んでくれたものなのだ。

「さっくん。なんであみぐるみが空き缶を抱いてたの？　もしかして隠すため？　こんなことで隠してるつもりになってたの？　むしろ見て欲しいと言ってるようなものだけど？」

「灯台下暗し的にバレないと思ったのに……」

「バカなの？　ねえバカなの？」

そんな二回も言わなくても。

俺は以前にも、こっそり飲んだビールの空き缶を部屋に隠し、それを見つけた藍良に怒られたことがある。だから既視感があったわけだ。

「さっくん、また私に隠れてお酒飲んだのよね？　ビールは一日500ミリリットルって約束を破ったのよね？　前回は大目に見たけど、二度目はないわ。さっくんの休肝日は一日増えることになる。これまでは週に一日だったけど、二日に増やすからね。わかった？」

「い、いや、待ってくれ。俺にも反論の機会を与えてくれ。この件にはどうしようもない理由があったかもしれないだろ？　えん罪を防ぐためにも藍良は俺の主張を聞くべきだ！」

「あみぐるみが空き缶を抱いてた時点でふざけた主張しかないような気もするけど、いちおう聞いてあげましょう」

俺は居住まいを正し、しかつめらしく口を開く。

「アルコールの歴史は、一千万年前から始まったと言われている」

「……え？　そこから？」

「一千万年前、人類の祖先はアルコールを分解できるようになった。酒には細菌を殺し、食欲を増進させる効果がある。そのため人類の活動は活発になり、そこから歴史は動き始めた」

「さっくんが地理歴史の先生なのは知ってるけど……その話、長い？」

「アルコールは人類の進化を加速させた。偉人と呼ばれる者たちが続々と登場するようになり、歴史上そのほとんどが酒飲みだった。マケドニア軍の大遠征やアメリカ独立戦争、日露戦争なんかにも酒が大きくからんでいた。そう、酒こそが世界史を綴っている。アルコールこそが今日のこの世界地図を創ったと言っても過言じゃないんだ」

「……たとえば、どんなふうに？」

「マケドニアのアレクサンドロス大王は、栄華を誇ったために酒に溺れて三十二歳の若さでこの世を去ったという説がある。リンカーンが暗殺されたのは、ボディガードが酔っ払っていたからしい。ロシアが誇るバルチック艦隊は長い航海で暇だったから飲んだくれてしまい、シラフで待っていた日本の連合艦隊に撃沈された。海には数百本の酒瓶が漂うことになったんだ」

「お酒ってロクでもないのね」

その通りです。

「じゃあさっくんはいっそのこと今日から断酒ね」

「違うんだよ！　俺が言いたいのはそういうことじゃない！　今の話、面白かっただろ？　クスッとしただろ？　笑えただろ？　酒には人類を笑顔にする力があるんだよ！　平和は微笑みから始まるってマザー・テレサも言ってたよ！　なのに人類を笑顔にするどころか悲しませる休肝日なんて必要ない！　俺はここに無実を主張する！　藍良、どうか賢明なご判断を！」

「有罪」

そんな気がしてましたよ、ええ。

「あの……さっくん」

藍良は一転、俺を気遣うような素振りを見せる。

「さっくんが隠れてお酒を飲んだのは……もしかして、寝酒？　アルコールが入ると眠りやすくなるって聞いたことがあったから」

藍良がそんなことを尋ねるのは、俺の体質を知っているからだろう。

俺は大学時代の事故の影響で、閉所恐怖症と暗所恐怖症を患っている。だから自室で寝るときは、いつも明かりを点けたままにしている。

だがあの日、俺は藍良の助けによって、暗闇の中でも眠ることができたのだ。

「でも……アルコールの力を借りても、眠りは浅くなるって聞いたこともある。眠りに落ちるのは早くても、すぐに目が覚めちゃうって……」

「……そうだな。藍良、俺もわかってる。だから、べつに寝酒ってわけじゃない。俺が明かりを消して寝るときは、アルコールじゃなくてドリームキャッチャーに頼ってるんだ」

「え……?」

「ドリームキャッチャーを抱いて寝てるんだよ。そうすると、暗闇でも眠れるんだ。恐怖症に負けずに済むんだよ。藍良、おまえがお守りを編んでくれたおかげだな」

「そう……だったんだ」

「ありがとうな」

「……ううん。だいたい……それなら、私を抱いて寝てもいいのに」

藍良はそう、ぽつりとつぶやいた。声は小さかったが、聞き取ることはできた。

「い、今のは無し。なんでもないの」

言うつもりはなかったらしく、藍良は慌てて否定した。取り繕うように言葉を続ける。

「で、でも、そっか。ドリームキャッチャー、大切にしてくれてるんだ。空き缶に替わってたから、さっくんにとってはビール以下なのかと思っちゃった」

「そんなわけないだろ？」

「どうだか」

藍良は気取ったように、肩にかかった髪を後ろに払う。

「まあ、少しでもさっくんの助けになってるなら、編んだかいがあったかな」

機嫌は直ったようだ。些細な言動からでも、藍良の心情を推し量ることができる。

それは、俺が子どものサインに敏感な教師だからという理由だけじゃない。今の俺が、藍良と家族の関係になれたからだ。

その関係は、言葉を変えれば冒険のパートナー。俺はいつか藍良と共に冒険の旅に出るために、この体質を克服すると内心で誓っている。

無国籍者の藍良は、このままでは将来にわたって不利益を被ることになる。だから国籍を取るべく、藍良の出自を明確にする必要がある。

藍良の本当の家族——藍良のふるさとを、世界を回って探し出さなければならないのだ。

それが、夢。幼い頃に交わした約束から続いている、叶えるべき夢。

人生という名の旅路における、俺たちの道しるべ。

今も昔もなく、どの時代の冒険家も、どこかに到達するために冒険をしている。そのゴールにこそ、自らが求める秘宝が眠っている。

そう、じいちゃんは言っていた。俺が尊敬する、今は亡き祖父が言っていたんだ。

「さっくん。休肝日を増やすのは、ひとまず保留にしておくけど」

撤回じゃなくて保留なのか。

「その代わりに、言わせて。さっくんに覚えておいて欲しいことがあるの」

「なんだ？」

「さっくんは私に、一緒に冒険の旅に出ようって言ってくれた。だけど、勘違いはしないで欲しい。私は、本当の家族を知りたいからあなたと冒険をしたいわけじゃない」

そして藍良は、次の言葉をためらわずに告げた。

「私の夢は、あなたのお嫁さんになることよ。私が目指すゴール――私が求める秘宝は、あなたとの結婚なんだから」

「…………」

俺は唖然とする。

以前にも同じようなことは言われているが、ここまではっきりと、正面から宣言されたのは初めてのことだった。

「私が無国籍のままだと、あなたと結婚することができない。少なくとも、この国では。だから私は国籍を取りたい。だからこそ、本当の家族を見つけないといけないの」

日本の国籍法は、血統主義に則している。親の国籍をそのまま引き継ぐのが原則だ。

父母が共に知れないときは、日本生まれであることを理由に日本国籍を得られる例外規定もあるが、藍良は海外生まれなので適用されないのだ。

「だけど、さっくん。あなたは、私と結婚したいだなんて考えていない。さっくんは、私に恋をしていない……。私のことはあくまで、娘としてしか思っていないもの」

普通なら言いよどむような言葉なのに、藍良は終始決然としている。それだけの勇気、絶対的な覚悟を持っている証拠だ。

俺は、藍良が好きだ。だがそれは藍良が言った通り、親子の範囲でしかない。

この先、俺が心変わりをして、藍良に恋をすることはあるかもしれない。だが、今の藍良はそのような可能性の話をしているんじゃない。

俺が藍良に恋をしようがしまいが関係なく、藍良自身の恋心は決して変わらない。藍良はその自分の気持ちを、俺に覚えておいて欲しいと言っているんだ。

結果がどうあろうと、挑戦を諦めないという境地。あたかも冒険家のような、果てしないゴールを目指す冒険心。

俺は、そんな藍良に対し、どう答えるべきなのだろう……？

「さっくん、大丈夫よ。べつに答えを望んでるわけじゃないの」

藍良は俺の気を抜くためか、声を和らげて言った。

「私が成人するまでは、どうせ親子の関係でいるしかない。それに、私が大人になるまで待ってて欲しいって言ってるわけでもないの。さっくんは私以外の人に恋をするかもしれないし、私だってそれを止めない。自分のためにあなたの幸せを邪魔したいだなんて思わないわ」

藍良はあくまで空気が堅くならないよう、明るく言う。

「でも、さっくんを振り向かせる努力はちゃんとするつもりよ。まずは、さっくんの胃袋から攻略してみようかな」

藍良は笑った。

だから俺も、つられて笑った。苦笑に近かっただろう。

だいたい胃袋なら、藍良がいつも作ってくれる料理でとっくに攻略されているわけで。

「藍良。酒をもっと許してくれたら、俺の胃袋どころか肝臓も攻略できるぞ？」

「それはダメ。さっくんには長生きしてもらいたいもの。私は、自分のためにさっくんと結婚したいんじゃない。あなたのためのお嫁さんになりたいんだもの」

こんなセリフが平然と出てくる藍良は本当、理想的な嫁だろう。

俺の夢と、藍良の夢。

すれ違っているようで、もしかしたら、すり合わせはできるのかもしれない。

過去の俺は、誰かと距離を縮めることを恐れていた。だから藍良を悲しませたこともある。

それでも距離感の修正を重ねたことで、俺たちはこうして家族へと近づいたのだ。

「……この話は、もうおしまい。さっくん、蒸し返すこともしないでね」

藍良は、今はもう恥ずかしそうにそっぽを向いている。お嫁さんになりたいだなんて言って、羞恥がないわけがない。

それでも藍良は、告げたかった。告げた上で、俺が重荷に感じないようフォローもした。

まったく。俺には過ぎた、よくできた娘だよ。

その娘が、嫁になる日が来るのかどうか、今の俺にはまだ想像もつかないけれど。

「藍良。そろそろ正座、やめてもいいか？　足の痺れがとんでもないことになってきた……」

「……うん。実は、私も」

俺たちは長話を終え、痺れた足を引きずりながらダイニングの食卓に移動して。

今夜もまた、藍良が作ってくれた夕飯に舌鼓を打つのだった。

そう。

これは、俺と彼女の「空白のない世界を旅する物語」――

1章　お嫁さん宣言を経た生活

◎その1

桜は散っても春はまだまだたけなわの、四月中旬。

休日の今日、夕陽に背を押されながらソロキャンプから帰宅する途中で、電話があった。

「……もしもし」

『なにその、疲れた声。私からの電話なんだから嬉しそうにしてよね！』

相手は元カノの祭里だった。毎度のやり取りにため息をつかざるを得ない。

「あのな、祭里。こっちは実際に疲れてるんだよ。キャンプ帰りだから」

今も重いバックパックを背負っている。

行きはまだいいが、帰りが辛いのが徒歩キャンプの欠点だ。それを埋めて余りある利点があるから、やめられないのだが。

焚き火の前で酒を飲むという至高の時間を楽しむには、車はもちろん、バイクや自転車だって使うわけにはいかないのだ。

『さっくんってほんと、ソロキャンが好きだよね』

「俺の唯一の趣味だからな」

小さなタープを張り、ローチェアにゆったりと座って、薪を気ままに割りながら焚き火をする。癒やしの炎を堪能しつつ酒を飲み、ツマミの肉や野菜を自由に焼いていく。

最少限の道具を用い、自然の中で好きなように飲食を楽しむという、ミニマムだからこその豊かな時間だ。

たとえばグループでのバーベキューでは、自分の役割を探して効率的に動かなければならない。場を盛り上げるために会話を考え、空気を読み続けないといけない。

気疲れは、身体的な疲労よりもタチが悪い。心の病につながるからだ。閉所恐怖症や暗所恐怖症といった心因性の病を抱える俺だから、その辛さが理解できる。

『さっくん、どうせなら藍良さんと一緒にキャンプすればいいのに。家族なんだからさ』

気心が知れている相手となら、ソロキャンプと同程度に自由に振る舞えるだろうけれど。

『それとも、まだそこまでの家族にはなってない？』

「どうだかな」

俺と藍良は家族に近づいてはいるだろうが、だからって気を遣う部分がゼロになったわけじやない。親しき仲にも礼儀ありだ。

藍良だって、俺にお嫁さん宣言をした上で、フォローを忘れなかったくらいなのだ。

『さっくんの仕事はブラックって聞いてるし、休日くらいひとりになりたいんだろうけど。先生じゃなくて普通の自分になりたいんだよね』

「よくわかってるじゃないか」

さすが元カノと言うべきか。

べつによりを戻したいって意味じゃないぞ。ほんとだからな!

俺にとってのキャンプは、教職員としての顔から離れる意味も持つ。

二十四時間教師、コンビニ先生、なんて言葉が同業者の間で流行るくらい、教員というのは昼夜問わず生徒や保護者の対応に追われている。

兄弟ゲンカを止めて欲しい、子どものスマホを取り上げて欲しい、SNSのトラブルを解決して欲しい、なんて便利屋と勘違いしたような呼び出しがあることもめずらしくない。

マジメな教員は管轄外であるはずのその要望すら律儀に叶えようとして、がんばりすぎて時間に追われ、本来の業務に支障をきたすという本末転倒におちいりがちなのだ。

「ていうか……祭里。なんの用で電話してきたんだよ」

『普通にご機嫌伺い。主にさっくんの悩みを聞くための。さっくんからはぜんぜん電話してくれないから、私から電話してあげてるんだよ。感謝してよね~』

……おまえの妹の泉水流梨も、似たようなことを言ってたよ。俺からはぜんぜん話しかけてもらえないから、自分から話しかけるんだって。

　こういうところは、ちゃんと姉妹なんだな。

『さっくん、なにか困ってることはない？　さっくんが教えてる社会科って、来年度には教科書の内容がいろいろ変わるから大変なんだよね？』

　来年度から日本史と世界史が合体して歴史総合になる。世界史だけが必修ではなくなるのだ。理由は、自国の歴史を知らない日本人が増えてきているかららしい。

『そういえばね、この前テレビのバラエティで日本史のこと言ってたんだけど、聖徳太子ってほんとはバカだったんだよね？』

「……正確には違う。おまえ、聖徳太子さんに謝れ」

　聖徳太子は一時期、教科書から記述が削除されそうになっていた。理由は、最新の学説で聖徳太子が天才ではなく凡人だと言われるようになったからだ。
だがそれではあんまりだと世論の反発に遭ったため、小中学校では聖徳太子を英雄として扱い、高校からは実は脇役でしたと習うことになった。もはや笑い話だろう。

『まあさっくんはマジメに先生やってないし、いくら教科書が変わるからって、適当にやり過ごすんだろうけどさ』

「……待て待て、俺はべつに不真面目ってわけでもない。先生と生徒のあるべき距離感を保ってるだけだ。まあ人によっては、上辺の付き合いって思うのかもしれないけど」

『そうだね。でも流梨に対しては、上辺じゃない対応をしてくれたんだよね。ありがとう』

泉水流梨は、俺のクラスの教え子でもある。

『うちの妹がなんか迷惑かけたみたいで。ごめんね』

「あ……いや。謝らないでいい。感謝だけで充分だ。俺のほうも、おまえの妹……泉水には感謝してるからな。藍良の友だちになってくれたんだから」

泉水は、藍良を傷つける噂をクラスに流した。だがその行為には、悪意がなかった。泉水は藍良に対し、誠心誠意を込めた謝罪もすでにしている。

その結果、学校で孤立していた藍良は、泉水という友だちを作ることができたのだ。

「藍良と泉水は、今日も一緒に遊ぶ約束をしてたよ」

『……そっか。私、流梨が藍良さんと友だちになったことまでは知らなかった。今日さっくんが藍良さんをキャンプに誘わなかったのも、そういうことだったんだね』

祭里の吐息が電話越しに聞こえる。ちょっと悩ましげに感じた。

『だとしても、さっくんと藍良さんを困らせたのは事実だから……。だからやっぱり謝らせて。流梨にも、私からめっしておいたから』

具体的になにをしたのやら。

祭里が本気で怒ったのなんか、ほとんど見たことがない。懐が深いというか、器が大きいというか……胸は間違いなく大きいのだが。

　そこまで考え、遅ればせながら気づいた。電話から、水が流れるような音がしている。

「おまえ……また温泉旅行してるのか？　入浴中に電話かけてるんだよな」

『そだよ。今の私はあられもない姿だよ。想像した？』

「……してない」

『相変わらずの朴念仁なんだから～』

　……俺を変に誘ってくるおまえのほうこそ、相変わらずだろ。

　彼女じゃなくて元カノだという自覚がないんだろうか。まあ、どうせからかっているだけだろうけど。

『さっくんは今、こう思ってるんじゃない？　なんで電話をかけてくるとき、おまえはいつも裸なんだよって。俺を誘ってるのかよって』

　そう思わないほうがおかしいだろうが。

『そしてさっくんはこうも思ってる。なんでそこに俺を呼ばないんだ、温泉旅行に誘ってくれたら一緒に行くのに、今だって素直になれないだけなのに、俺はツンデレだからって』

　誰がツンデレだ。

　どう言われようとおまえと一緒に温泉旅行に行く気はねえんだよ、一度でも誘いに乗ったら取り返しがつかなくなるんだよ、この未練がいつまで経っても消えない気がするんだよ。

ツンデレなんかじゃないんだからね！

『さっくん。旅行の誘いに乗ってくれたら、私がさっくんのバットを奮い立たせてあげるよ？恥ずかしがらなくていいよ……自慢の打棒を見せつけてくれていいんだからね？』

ちなみに祭里は野球ファンだ。

『それとも、さっくんの絶好球は低めだったり？　特殊能力は低め○？』

ロリコンって言いたいのかよ。

『十五歳の藍良さんにしか食指が動かないのは、そういうこと？』

「……ふざけんな。藍良は、あくまで家族だよ」

『じゃあ、流梨は？』

「なんで泉水が出てくる……。あのな、教職員が同意のあるなしにかかわらず教え子に性的接触をした場合、それは例外なく性暴力と見なされる。俺は社会的に死ぬことになるんだよ」

『愛は生死を超えるんじゃない？』

超えねえよ。死んだらそこで終わりだよ。

じいちゃんも言っていた。死んだら終わりだからこそ、冒険の旅は生きて帰らないといけないのだと。生き延びて初めて、また挑戦することができるのだと。

だから俺は、死しか待っていないロリコンの旅に出るつもりは毛頭ない。

『野球のダイヤモンドは90度。大事なのは残りの270度、グラウンド以外のところ』

祭里は不意に言った。

『今のは、高校野球の大監督の格言だよ』

「……どういう意味の言葉なんだよ」

『大事なのは目の前のことだけじゃない、それ以外のところも大切って意味の言葉だよ』

祭里の言いたいことが、わかるようなわからないような。

『今のさっくんの目には、藍良さんしか映っていないけど。親代わりなんだし、それも当然だとは思うけど。でも、ほかの人にもちょっとは目を向けて欲しいなって思ったんだ』

「…………」

『じゃあね、さっくん。ばいばい。もしかしたら、近いうちに会えるかもね』

そう言い残し、電話が切れた。

……近いうちに会える？　どういうことだよ。

俺は後ろ頭をかいたあと、重いバックパックを背負い直し、家路を急いだ。

その足取りは、電話の前よりもなぜか軽くなっていた。


「さっくん、お帰りなさい」

荷物を庭の倉庫に置き、我が家に戻ると、藍良が玄関で出迎えた。

休日も平日も変わらずに、藍良はいつも必ず俺を迎えてくれる。

些細なことで、なんでもないことのようでいて、それがどれだけ俺にとって大きな意味を持っていることか。

　これまで知らなかった家族の時間というものを、こうして藍良から教わっているのだから。

「クンクン」

　藍良がいきなり嗅ぎ出した。

「さっくん……煙の匂いの中に、お酒の匂いが混じってる。キャンプでビール飲んできた？」

「……500ミリリットルの制限は守ってるから安心してくれ」

　この言葉は本当だ。俺の一日のアルコール摂取量は、藍良の手によって調教済みだ。

「私も一緒にキャンプいきたかったな。遠出のキャンプって、まだしたことないから」

　藍良はスネたように言った。

「でもそっちだって、泉水と一緒に遊んでたんだろ？」

「そうだけど……事前に教えてくれてたら、さっくんの予定のほうに合わせたのに」

「俺としては、友だちと遊ぶほうを優先して欲しいかな」

「……もちろん、流梨さんと遊びたくないわけじゃないんだけど」

　藍良は、今では泉水のことを流梨さんと名前で呼んでいる。泉水のほうも、藍良さんと名前で呼び合う仲になっている。

　俺もまた、藍良のことを以前は「キミ」と呼んでいたが、今は「おまえ」と呼んでいる。幼い頃のように。相手によっては不躾になるだろうが、藍良にとってはこのほうが嬉しいようだ。

ちなみに藍良は、俺のことをかたくなに「お父さん」と呼ぼうとしない。

たとえば俺は、学校では自分のことを「先生」と呼ぶ。じゃあ、藍良が俺を「お父さん」と呼んだら、俺も家では自分のことを「お父さん」と呼ぶようになるのだろうか？

慣れない服を着るような違和感がある。

だからまあ、藍良は俺を「さっくん」と愛称で呼ぶままでいいと思っている。

そもそも、藍良が俺を「お父さん」と呼ばないのは、娘じゃなくて嫁になりたいからだとすでに言われているわけで。

そして俺は、そんな藍良の想いに対し、まだなにも応えていないわけで……。

「……藍良。泉水とは、なにして遊んでたんだ？」

靴を脱ぎながら、誤魔化すように聞いた。

「さっくん、私たちがなにして遊んでたのか、気づかない？」

……えっと？

俺が首をかしげていると、藍良はなぜかその場でクルンと回った。スカートがふわりと浮かび、その奥がのぞけそうになってしまった。

「さっくん、どう？」

……なにが？　パンツは見えなかったけど？

「あの……まだ気づかない？」

「なにを？」

藍良は半眼を俺に向けた。

「えっと、素晴らしいターンだったよ。……あれ、怒らせた？　藍良は猫みたいに軽やかだな」

藍良は依然としてゴミを見るような目を俺に向け……いや、違う。これはもう、無関心のものを前にしたような意思表示じゃない。

藍良が大嫌いな納豆を見るような目だ……。

「ジャー」

いつの間にやら、飼い猫であるトレジャーが俺の足下にまとわりついていた。抗議でもするように、俺のズボンの裾をガリガリと引っ掻いた。おい、ほつれるからやめろ。

藍良はもう俺を見ようともせず、そっぽを向きながら立ち去った。従者のごとく、トレジャーもその後ろについていった。

……俺のせいで機嫌を損ねたのは間違いないな。

藍良が身に着けていた服やアクセサリーは、俺が初めて見るものだった。クルンとその場で回ったのは、俺に見て欲しかったから、そして感想が欲しかったからかもしれない。

「なるほど……そういうことか」

つまり藍良は、泉水と一緒に服とアクセを買いにいっていた。ショッピングを楽しんでいたわけだ。

気づくのが遅くなったのは、てっきり藍良がもともと持っていた物だと勘違いしてしまったからだ。親代わりとはいえ、子どもの持ち物すべてを把握するのは難しい。

……いや、違うか。親なら、それくらいは当たり前のことなんだろう。

俺は藍良の機嫌をどう取ろうか考えながら、部屋着に着替えるために自室に向かった。


ダイニングに顔を出すと、食卓に夕飯が並んでいる。

味噌のいい香りが漂ってきた。

「さっくん。今夜のメニューは、お肉と野菜の味噌炒めとお味噌汁よ。さっくんのお口に合ったらいいんだけど」

この香りも納得の味噌尽くしだ。

しかも藍良の口調は優しかった。すでに機嫌が直っているらしく、ホッとする。

藍良はもともと引きずるタチじゃない。俺と違ってうじうじしない。

光のようにまっすぐで、芯が通っていて、だからこそ俺から見たらまぶしくて直視が難しかったりもするのだが。

「藍良が作ってくれる味噌汁は、いつも絶品なんだよな。ちゃんと出汁が利いててさ」

「そう？」

「ああ。俺もひとり暮らししてたとき、自分で作ったことがあったんだけどさ。ぜんぜんうまくいかなかった。こんなにいい香りはしなかったよ」

「たぶん、味噌を混ぜたあとに沸騰させちゃったせいじゃないかな。そうすると風味が飛んじゃうの。初心者にありがちのミスっていうか。私も昔、同じ失敗したことがあったから」

藍良もまた、失敗を繰り返したことで料理が上達したのだと聞いている。

「それにお味噌汁は、熱いほうがおいしいのよ。さっくん、冷めないうちにどうぞ」

「そっか。じゃあお言葉に甘えて、いただきます」

テーブル席に着いた俺は、さっそく味噌汁の椀を手に持って一口する。

「っ……！」

こ、これは……！　味噌と出汁の旨味を余すところなく利かせた、素晴らしき美味！

でもなんか口の中が苦くなってるんだけど！

「せ、セロリ……？」

「うん。春が旬だから、セロリのお味噌汁にしてみたの」

旬とはいえ、藍良が納豆を苦手にするように、俺は苦い野菜を苦手にしている。

ビールやブラックコーヒーのような苦い飲み物は問題ないが、野菜の苦みだけはどうしてもダメなのだ。

「……藍良。俺がセロリ苦手なの、知ってるよな？」

「セロリは茎と葉に分けて、食感と香りの両方を楽しめるようにしたのよ。セロリの爽やかな風味が、身体に優しく染み渡るでしょ？」

……爽やかな風味よりもまず、苦みがなにも消えてませんよ？　ていうか、俺の抗議をわざとスルーしてるよな？

俺は嫌な予感がしながらも、次はおかずの味噌炒めを食べてみる。

「っ……！」

こ、これもまた溢れんばかりの旨味尽くし！　でもやっぱり口の中が苦いんだけど！

「豚肉とピーマンの味噌炒めよ」

「いんげんに見えたのに……」

「そう見えるよう、ピーマンをうまく細切りにしたから」

トラップじゃねえか！

「味噌だけじゃなく、ごま油と唐辛子も利いてるでしょ？　ご飯が進むおいしさでしょ？」

たしかに俺は米に合う味付けが大好物だが、それ以上に野菜の苦みが邪魔すぎる……！

「……あのさ、俺がセロリだけじゃなくてピーマンも苦手なの、知ってるよな？」

「うん。さっくん、残さず食べてね」

俺は悟った。藍良の機嫌が直っていなかったことを。

そして新たに判明した。藍良は不機嫌になると、俺が嫌いな食材を料理に使うことが。

こんな展開、これまでなかったのに。それだけ今の藍良は俺に遠慮がなくなったということだろうか。家族に近づいたひとつの証左かもしれない。

ともあれ、俺がやるべきことは決まっていた。

「……藍良。遅くなったけど、言わせてくれ」

藍良はまだ、今日買ったばかりの服とアクセを身に着けている。

「その服とアクセ、とても似合ってる。かわいいよ」

「あ……え？」

藍良はきょとんとしたあと、頬をうっすら赤らめた。

「……ほんと？」

「ほんとだ」

「そ、そっか……」

藍良ははにかみながら、箸で目の前の味噌汁をぐるぐるとかき混ぜた。

「えへへ……さっくん。明日からは、セロリとピーマンを使わないご飯を作ってあげるね」

かわいいっていう一言だけで、こんなに嬉しそうにするんだな……。

ご機嫌取りが成功し、俺は心の底から安堵した。まあ、今夜のところはこのセロリとピーマンを食べないといけないようだけど。

聞けば、藍良は泉水と一緒に成田市で買い物していたとのことだ。成田はこの沢原から電車

で三十分。このあたりでは最も栄えている街で、俺もかつて暮らしていたことがある。

そして泉水もまた、成田に住んでいる。クラス担任である俺なので、受け持った生徒の個人情報は自ずと目に入ることになる。

……じゃあ藍良は、泉水に姉がいることを知っているのだろうか？　元カノである祭里のことを、泉水から聞いていたりするのだろうか？

親代わりとしても、先生としても、藍良と泉水が普段どんな会話を交わしているのかは気になるところだ。

とはいえ、過度に介入するつもりはない。だから今も尋ねることはしない。

藍良が友だちとの学校生活や休日を楽しんでいるのなら、それで充分だ。

「さっくん。次にキャンプするときは、私にも早めに教えてね？」

藍良はご機嫌のまま言った。

「一緒にキャンプに行きたいのか？」

「うん。さっくんがよければ、テント泊キャンプをしてみたいなって」

藍良とは庭キャンプや河川敷キャンプを楽しんだことはあるが、遠出のキャンプはまだしていなかったので、俺もどこかのタイミングで誘いたいと思っていたところだ。

俺たちが将来、冒険の旅に出るのなら、その経験は必ず役に立つ。特にテント泊は体験しておいたほうがいい。

それに、初めてのテント泊は春がオススメだとも言われる。夏や冬に比べて過ごしやすい気温だし、柔らかい陽射しのもと、花や若芽の彩りを楽しむこともできるからだ。

……ふたりきりで泊まるのは、ちょっと勇気がいるけどな。

「わかった。ちょうどゴールデンウィークが近いしな。連休を利用して、一緒にテント泊キャンプに出かけようか？　キャンプ場の予約を取っておくよ」

「うんっ、やった！　さっくんと初めての、お泊まりキャンプ！」

藍良は小躍りでもしそうな喜びようだった。感情を露わにするのは、いつも控えめな彼女にしてはめずらしい。

それだけ嬉しいのなら、俺のほうも誘ったかいがあるというものだ。

「じゃあ、藍良。その前にアウトドアショップで買い物もしないとな」

「……え？　さっくん、自分のキャンプギアは持ってるよね。私だって、お父さんのものが使えるから必要ないよ？」

ここで言うお父さんというのは、今は亡き俺の祖父である星咲朱司のことだ。

「藍良はさ、せっかくのテント泊キャンプなのに、自分好みに過ごさなくていいのか？」

「自分好み……？」

「自由にリビングスペースを飾り付けて、自由にギアを用いて、自由に時間を楽しむ。それがキャンプの醍醐味だよ。ソロだけじゃなく、ふたりキャンプだってそうなんだ」

家族の俺たちであれば、ふたりキャンプでもソロのように自分好みに過ごせるだろう。祭里との電話でも、ちょうどそのような会話を交わしたところだ。

「藍良。おまえ好みのキャンプギアを買いにいこう。金のことは言うなよ、子どもにそんな心配されるほど親の俺は落ちぶれてない。むしろ俺に親としての格好をつけさせてくれ。わがままを言うことが親孝行にもなるんだから。遠慮されるよりはそのほうが嬉しいからな」

「……もう」

藍良は呆れたように息を吐いた。

「私はぜんぜん、遠慮なんてしてないじゃない。さっくんの嫌いなご飯を出しちゃったくらいなんだし……ごめんね」

「そこで謝った時点で、遠慮してるぞ？」

「じゃあさっくん、セロリとピーマンをずっと除けてるけど、ちゃんと食べるまでごちそうさまはしないでね」

……やぶ蛇だったか。

「なんにしろ、藍良。テントサイトのレイアウトは、おまえに任せるよ。好きに飾り付けてくれていいからな」

そしてその飾り付けのグッズは、庭キャンプをする際にも役立つだろう。

「さっくんは自分好みに飾り付けなくていいの？」

「俺、そういうのに疎(うと)いんだ。飾(かざ)り付(つ)けたくても、うまくできないんだよ。昔から花より団子だったからな」

藍良(あいら)は俺と違(ちが)い、花と団子のどちらも好んでいる。

色と物がやわらかい自室のレイアウトもそうだし、服装だってセンスがいい。いま身に着けている、買ったばかりの服とアクセだって同様だ。

「キャンプ用の服もいるしな。それにスマホだって必要だ。どっちも買いにいこう」

「……スマホも？」

「ああ。スマホもキャンプギアのひとつみたいなもんだからな」

藍良(あいら)はスマホを持っていない。一方、友だちの泉水(いずみ)は持っている。藍良(あいら)もスマホを持てば、今後は気軽に泉水(いずみ)と電話やメッセージのやり取りができるようになるだろう。

スマホの契約(けいやく)を勧(すす)めるのはそれが一番の理由だが、キャンプでも必要になるのは本当だ。キャンプ場は広いし、木々で視界が遮(さえぎ)られることもあって迷子になりやすい。万が一はぐれたら、連絡手段(れんらくしゅだん)がなにもないと落ち合うことが難しくなる。

「というわけで、藍良(あいら)。次の休日は悪いんだけど、友だちじゃなくて俺と一緒(いっしょ)に買い物にいってくれるか？」

「さっくん……うんっ、楽しみにしてるね！」

屈託(くったく)のない藍良(あいら)の笑顔(えがお)。

これもひとつの家族サービス、もちろんいい意味での言葉だ。

ちなみにセロリとピーマンを完食するのに、普段の倍の食事時間が必要になったのだが。


夕食後、藍良はアイロンがけを始めとする残りの家事をこなしたあと、バスタイムに入った。

俺はといえば、ブラック公務員だけあって持ち帰り残業をしないといけない。

「さっくん」

自室にこもってしばらくすると、風呂上がりの藍良がかわいらしいパジャマ姿で訪れた。

「お仕事、お疲れさま。お腹が空いたら言ってね、お夜食作ってあげるから。晩ご飯はさっくんの嫌いなものを出しちゃったし、今度は好きなものを作ってあげるよ」

「気持ちだけもらっておくよ。あまり食べると眠くなるしな」

「じゃあ、コーヒーは？」

「大丈夫だ。眠気覚ましなら、これがあるから」

俺はタブレットを口に放り込む。

「さっくん……そのタブレット、実は向精神薬だったりしないよね？　恐怖症を誤魔化すためのお薬じゃないのよね？」

「……そんなダークなミスリードは存在しない。普通にミントタブレットだ」

ちなみに恐怖症の緩和のために、睡眠薬を飲んだりもしていない。薬に頼っても根本的な解決にはならず、かえって悪化するリスクが増すのだから。

「なら、さっくん。ミントタブレットのほかに、ラムネもオススメよ」

……ラムネ？　子どもの頃にしか食べたことがない。

「駄菓子のイメージしかないんだが……眠気覚ましになるのか？」

「うん。ミントみたいに刺激は強くないけど、噛むだけで覚醒作用をもたらすし、ブドウ糖が脳の働きを助けてくれるから、疲れてきたタイミングにはちょうどいいお菓子なの」

藍良はこんなふうに、料理だけではなく栄養にも造詣が深い。俺のアルコール摂取量を管理しているだけはある。

約束している買い物で、藍良と一緒にラムネも買うことになりそうだ。

藍良は、俺が仕事をしている後ろで編み物を始めた。この時間も毎日の食事と並ぶくらい、俺たちの日常になっている。

「なあ。藍良は今、なに編んでるんだ？」

「……内緒」

藍良は照れたような仕草で、編み物を後ろ手に隠した。

「さっくんはお仕事中なんだから、いきなり私のほうを向いたりしないでね」

見られたくないなら自分の部屋で編めばいいのに、なんて野暮なことは言わない。飼い猫のトレジャーはこの時間寝床に戻るし、ひとりになる藍良は寂しいだろうから。

親代わりとしても、藍良の気持ちを知っているひとりの男としても、無下にできるわけがない。

「さっくん」

遅い時間になってきたところで、座布団に座りながら仕事机に向かっていた俺の背中に、藍良が優しく寄りかかった。

「そろそろ時間よ？」

言葉を付け加えれば、そろそろ仕事をやめてお風呂に入る時間よ、だ。

すでに十時近い。藍良のこの行為が時計代わりになっている。

ありがたいとはいえ、寄りかかられると背中に柔らかいのが当たる。これぱかりは慣れそうにない。

藍良はまだまだ子どもとはいえ、身体つきは女性そのものだ。パジャマの下はノーブラなので、ふくらみの感触が直に伝わり気が気じゃなくなる。

以前の俺なら、逃げるように立ち上がっただろう。藍良を捨て置き、脇目も振らず部屋を出ただろう。

だが今の俺は、立ち上がる前に腕を後ろに伸ばして、藍良の頭を撫でた。

「ンっ……」

くすぐったそうな声。背中の感触と同じ温度の吐息が、俺の首筋にふわりとかかる。

「さっくん……なに？」

「したくなったんだ」

「そっか……」

藍良はいっそう強く、俺の背中を抱きしめた。

「……どうした？」

「したくなったの」

「そっか」

「うん……」

その後、藍良が名残惜しそうに離れたところで、俺はゆっくりと立ち上がった。

ここまでが、家族としてのルーティン。いつしか習慣のようになっている、俺たちの時間。

「さっくん……お風呂、一緒に入る？」

「こら」

額をコツンと小突いてやった。

「……ゲンコツもらっちゃった」

藍良は機嫌を損ねるどころか、照れ笑いを浮かべる。

コツンされた額を両手で押さえる仕草は、なにか大事なものを包み込むかのようだった。

「あまり大人をからかわないようにな」

「うん」

「藍良はもう休んでいいぞ」

「一緒に寝る？」

「またゲンコツが欲しいのか？」

「うん……う、ううんっ。私、そんな変な子じゃない」

「じゃあ、おやすみ」

「……おやすみなさい」

俺が廊下に出て浴室に向かうと、藍良はちょっと残念そうに自分の部屋に戻った。

別れ際、藍良の独り言のような言葉が聞こえてきた。

「さっくん……今夜は、早めに寝てね」


俺は風呂上がりに仏間代わりの部屋を訪れ、祖父の遺骨に手を合わせた。

……じいちゃん。あんたはいつか、こう言ってたな。

冒険とは歴史があってこそだと。先を目指すには、後ろを振り返ることも必要だと。

たとえばアインシュタインはニュートンについて徹底的に学習し、ニュートンの思考や思想をすべて理解する状態にまでなったという。そうやってアインシュタインは初めて、ニュートンにはたどり着けなかったその先の領域に到達することができたのだ。

先人が築いた道を知ることで、新しい境地へと向かう切符が手に入る。じいちゃん、俺は公僕一家のレールに乗らない代わりに、冒険家であるあんたのレールに乗ることにするよ。

祖父は死ぬまで藍良のルーツを探し、だが結局見つけることはできなかった。その夢は道半ばで途切れてしまった。

俺がその夢を引き継ぐ。そのために、まずは祖父の足跡を学ぶ。

俺は自室――かつては祖父の自室だった部屋に戻ると、壁にずらりと並ぶ本棚の前に立ち、祖父の蔵書を片っ端から読みまくる。

冒険家としてだけではなく、写真家や作家としても活躍していた祖父は、写真集や書籍を多く出版している。それらを読めば、祖父が世界のどの土地を冒険したかがわかるはずだ。

とはいえ、ざっと目を通したところでは、藍良の出自につながる手がかりは載っていない。

考えてみれば、プライベートな情報は出版物においそれと掲載できない。

祖父のペンネームをネット検索してみても、SNSや動画サイトに、メッセージや動画を投稿した形跡はなかった。

取引先の出版社なんかは引っかかったので、俺ひとりの力ではどうしようもなくなった場合には、そういった相手に問い合わせることも視野に入れるつもりだ。

藍良にも聞けば、祖父の知人やスポンサーの連絡先を知ることはできるだろう。

そして最後の手がかりとしては、祖父が所有していたスマホとノートPCがある。

スマホとPCの中身はまだ調べていない。俗に言うデジタル遺品というやつだが、どちらもロックがかかっているので、遺族と言えども簡単には中をのぞけない。

祖父の個人的な手記や日記は、遺品整理の際には見つかっていない。そう考えると、このデジタル遺品に藍良に関する情報が眠っている可能性が高い。

然るべき手順を踏めば、業者の手でロックを解除することは可能なのだが、それには当然ながら藍良の承諾も必要になる。

こんな話を持ち出したら、まだ子どもの藍良に負担をかけることになるだろう。

だから俺は少なくとも、藍良が成人するまではこの話を封印するつもりでいる。同様に、祖父の知人やスポンサーを藍良から聞き出すことも、今はまだしないつもりだ。

今の俺には、ほかにやるべきことが山ほどある。

冒険家としての知識を学び、技術を磨くこと。キャンプの知識と技術だけでは足りない。そんなのは冒険家にとって初歩でしかない。

本棚に並ぶのは祖父が出版したものがほんの一部で、大半は愛蔵書だ。祖父が冒険家を目指すため、そして冒険家になったあとも学ぶために所蔵していたものだ。

だから俺は、アインシュタインがニュートンについて学習したように、祖父について学習する。祖父が学んだものと同じものを学ぶ。

言わば、祖父の歴史を研究するのだ。

いつか必ず、祖父のような冒険家になるために。

祖父が成し得なかった冒険を引き継ぎ、越えていくために。

じいちゃん。あんたを越えなければ、俺は藍良のルーツを見つけ出すことができない。

その先に眠る、俺と藍良の秘宝を手に入れることができないんだよ。


祖父の蔵書に目を通していると、気づけば日付が変わっていた。

さすがにそろそろ休まないと。寝坊したら、藍良にイタズラされてしまう。

添い寝という名のイタズラだ。

まあ、それが嫌ってわけじゃない。俺が初めて暗闇の中で眠れたのは、藍良の添い寝のおかげだ。藍良のぬくもりには、それくらいの安心感がある。

だから、むしろそれが嫌じゃないからこそ、罰ゲームみたいになっている。

流れや雰囲気で、万が一藍良に手なんか出してしまったら、俺は親としても教師としても失格になる。

藍良が子どものうちは、たとえ同意があろうと許される行為じゃない。いや、藍良が大人になるのを待ってから手を出したいという意味じゃなくてな。

とにかく俺は布団を敷き、ドリームキャッチャーを抱きながら床につく。

蛍光灯のリモコンを手にして、逡巡しながらも部屋の明かりを落とした。

暗闇が世界を覆った瞬間、フラッシュバックする。

あの日、大学時代の海外キャンプで土石流に呑み込まれた、忌まわしいトラウマ。

――暗い暗い暗い。

――苦しい苦しい苦しい。

――コワイコワイコワイ。

喉が渇く。肌が粟立つ。耳鳴りがする。心臓が早鐘を打つ。

目が、血走る。

眠れない。眠れるわけがない。

だって、眠ったら、俺は死ぬ。

恐怖症による興奮状態。羊を数える余裕すらない。

覚醒した脳が視界を強制的にクリアにし、鮮やかに過ぎる闇が毒矢のごとく眼球を突き抜け、網膜を焼き、脳髄を侵していく。

いくら目を閉じようとしても、まぶたはぴくりとも動かない。まばたきすらできない。異常をきたした自律神経が、俺の理性を暴力的に壊していた。

あと数秒もすれば、俺はきっと、正気を失ったように奇声を発するだろう。

その前に、俺は震える手でリモコンをどうにか操作し、部屋の明かりを灯した。

「はあっ……！　はあっ、はあっ、はあっ……！」

布団から上体を起こして動悸を鎮める。

胸に当てた手が、爪が、刺すように肌に食い込む。

寝間着は冷や汗でぐっしょりだった。

その不快感も、訪れた光への感謝が凌駕している。

俺を生かしてくれてありがとう、と。

異常としか言えない安堵は、自己嫌悪もまた同じだけ生むことになる。

「クソッ……！」

リモコンを乱暴に投げ捨て、髪をがしがしと掻きむしる。

俺はドリームキャッチャーを抱けば、暗闇の中でも眠れると藍良に言った。

そう、ウソをついた。

本当は、藍良が添い寝をしてくれたあの夜が、最初で最後だった。

なんでだよ。俺はこのトラウマを克服したんじゃなかったのか？　なのになんで、元に戻ってるんだよ。どうしてなにも変わってないんだよ。

これじゃあ、来るテント泊ができない。藍良と一緒にゴールデンウィークの泊まりキャンプを楽しむことができない。

藍良はあんなに喜んでいたのに。親として、俺も娘の笑顔を見たいのに。

だというのに、もしかしたら、今の俺は。

藍良のぬくもりがないと、暗闇の中で眠れない。

藍良が手をつないでくれないと、テントの中でも、安心して眠ることができない。

俺は、藍良が添い寝してくれないと、恐怖症に勝つことが叶わない……。

「……なんだよ、ソレ」

親失格どころの話じゃない。幼い子どもかよ、俺は。

「どんだけ情けないんだよ、俺は……」

こんな事態、藍良に話せるわけがない。

藍良は、友だちを作ったばかりだ。孤立しがちだった不安や憂いはなくなり、学校生活を楽しむことができているんだ。ようやく年相応の時間を過ごせるようになったんだ。

なのに、勝手な都合で子どもの笑顔を曇らせるなんて、そんなの親がやることじゃない……。

「俺は……ひとりでも、暗闇で眠れるようになってやる」

絶対に、この恐怖症を克服してみせる。

藍良とキャンプをするために。藍良と一緒に冒険の旅に出るために。

こんなんじゃあ、あの祖父を越えるなんて、夢のまた夢なのだから。

◎その2

「さっくん、ダイニングに来ないと思ったら……やっぱり寝てる」

どこからか声が降ってくる。

その耳触りがいい澄んだ声音は、大の字に寝そべりながら夜空の流星群を眺めているような心地よさがある。

「さっくんの寝顔……かわいい。ふふ、イタズラしたくなっちゃうな……って、ううんっ。のんびりしてる時間ないしね。早く起こしてあげないと」

ゆさゆさ。ゆさゆさ。

「朝よ、起きて。朝ご飯食べる時間、なくなっちゃうよ。お仕事にも遅刻しちゃうよ」

どうも優しく揺さぶられているようだ。

その刺激は母のぬくもりのようで、ますます夢心地になる。むしろ覚醒から遠ざかっていく。

「もう……ぜんぜん起きない。まさか昨夜、夜更かししてた？　寝坊しないよう、早めに寝てねって言ってるのに……。ふうん、それならこっちにも考えがあるんだから」

もぞもぞ。もぞもぞ。

なんだろう……なにか、あたたかくて柔らかいものが布団に入ってくる感触。

「お布団の中、入っちゃった……。さっくんの寝顔……間近で見ても、やっぱりかわいい。ずっと見てられるかも……えへへ」

ああ、そうか。

このぬくもりこそ恐怖症を退け、幸せな眠りを運んでくれる祝福の光。どんな魔除けよりも効果があるお守り。俺だけのドリームキャッチャー。

「う、ううんっ、添い寝してる場合でもなかった。ほんとはこうしてたいけど……でも私がさっくんのお布団に入ったのは、あくまで起こすためなんだから。それじゃ、覚悟してね」

俺の身体が、さらにあたたかくて柔らかいものに包まれた。

布団よりも毛布よりも気持ちがいい、圧倒的な人肌……。

ぐいっ、ぐぐっ、ぐんっ、とんっ。

人肌に包まれながらなにかをされたあと、ぬくもりは無情にも遠ざかっていった。

「わ……さっくん、立ち上がってくれたけど、ゾンビみたいに徘徊してる……」

「ハッ……！」

俺は気づけば布団から起き上がり、部屋を歩き回っていた。

……えっと、なにがあったんだ？

「さっくん、やっと起きてくれた。よかった」

「……藍良の仕業か。俺になにしたんだ？」

「最近知った、魔法の起こし方を試してみたの。どんなネボスケでも起こせる方法なんだけど、母親が子どもに使うことが多いみたい。でも大人にも使えそうだったから」

それで実験してみたらしい。俺はこうして起きているので、成功したようだ。

俺が寝坊したのは、昨夜暗闇で眠る訓練をしていたせいだろう。

「ただ……この起こし方、いっぱい触れあうことになるから。ちょっと恥ずかしかったかな」

藍良は恨めしげに言いながら、俺の布団を押し入れにしまっていた。

「朝ご飯、もうできてるよ。急いで支度して、ダイニングに来てね」

俺は部屋を出ていく藍良を見送りながら、魔法の起こし方とはどんなものだったのか、あとで調べてみようと思った。

「さっくん。今朝のメニューはフレンチトーストとＢＬＴＥサラダにコーンスープ、デザートはフローズンフルーツヨーグルトよ。あとでコーヒーも淹れてあげるね」

藍良が作ってくれる料理は、朝昼晩のどれも凝っている。ひとり暮らしの頃はろくな食生活を送っていなかった俺なので、よけいにそう感じてしまう。

文句なんてなにもないが、そのぶん藍良ががんばり過ぎていないか心配になる。とはいえ藍良にそう話しても、決まってこう返される。

「これくらいは一般的よ。さっくん、私と一緒に暮らす前は朝ご飯を抜くことが多かったみたいだけど、私がいるからにはそんな不健康な食生活は送らせないからね」

そしてその後に続くのは、俺を長生きさせたいという定番の文句だ。祖父の突然死が影響しているのだが、今となってはほかの理由もあるのだろう。

藍良は、俺と共に過ごす時間が、可能な限り長いものであることを願っているようだから。

「ていうか、さっくん。こんなふうに話してると、本気で遅刻になっちゃうよ。ほら、早く食べて？　さっくんは私より早く学校に向かわないとなんだから」

教職員は授業の準備や職員会議があるため、生徒よりも一足先に出勤することになる。

「ほんとは私も、さっくんと一緒に学校に行きたいけど……。でも私たちが家族の関係っていうのは、学校のみんなに隠さないといけないものね」

教師の俺と生徒の藍良が親子であることは、倫理的な観点から問題視されやすい。そのため、教育委員会の意向によって周囲には伏せている。知っているのは一部の関係者だけだ。

俺は手を合わせてから朝食をいただく。

藍良は俺の弁当作りのためにまだキッチンに立っているので、このいただきますはその感謝も込めている。

そうして朝の活力を得たあと、鞄を手に玄関に向かうと、待っていた藍良が手作り弁当を渡してくれた。

「ちゃんと歯を磨いた？　忘れ物はない？　ハンカチも持った？」

「……大丈夫だ。俺は子どもか」

昨夜、自分は子どもかと自己嫌悪におちいったばかりだというのに。

「さっくん、ちょっとじっとしてて」

俺が靴を履く前に、藍良は寄り添ってきた。

急に距離が近くなり、ドキッとする。

「襟が乱れてるよ。直してあげる」

仕事着であるジャケットの襟に、白くて細くて綺麗な指が添えられた。

「うん、これでよしっと」

藍良は、俺を間近で見上げながら微笑んだ。

「身だしなみもきちんとできないなんて。さっくん、子どもなんだから」

「……大人をからかうんじゃない」

「でも私にとって、さっくんはただの大人じゃないよ？」

「まあ、親代わりだからな」

「ううん。さっくんは親じゃなくて、旦那さま」

しばらく無言の間が生まれた。至近距離で見つめ合ったまま。

俺の瞳には戸惑いの色が浮かんでいるだろう。だけど藍良の瞳は光のようにまっすぐだ。

「あ、あはは」

藍良はこの空気を慌てて払拭した。

「今のは冗談……ううん、冗談じゃないけど、とにかく気にしないで」

藍良はそっぽを向く。照れ隠しをするときのクセだ。

ちなみに不機嫌になった場合も同じように顔を背けるが、今は耳まで赤くなっているので、間違いなく照れ隠しのほうだ。

「……学校では、こういうことしないから」

藍良は言い訳がましくつぶやいた。

「先生と生徒の関係は忘れないから。あまり馴れ馴れしくしちゃうと、クラスメイトに変に思われることくらい、私もわかってるつもり」

藍良は笑顔になって、お仕事いってらっしゃい、と俺を送り出す。

俺は、いってきますと答えることしかできなかった。

家を出て、勤務先である千葉県立沢原高等学校、通称沢高へと足を向ける。

寝坊のせいで出勤時間が迫っていたが、自転車を使うほどではなかったので、俺は徒歩を選択した。日頃の運動不足を解消するにはちょうどいい。

生徒も自転車通学は許可されている。藍良も食材の買い出しに使う電動自転車を持っているので、それで通学することがある。

ちなみに徒歩通学や自転車通学では、その間に勉強ができないため、保護者からスクールバスの運行を要望されることもある。バスなら座席に座りながら勉強ができるからだ。

このあたりは県に名高い進学校である沢高らしいのだろうが、要望はまだ叶わないようだ。私立校と違い、公立校はこういったフットワークが軽くないのが難点だ。

道を歩き、見慣れた校舎が見えてくる頃、周囲の通行人が同一の制服に彩られていく。時間的に登校ラッシュはもう少し先なのだが、早めに学校に来て自習をする生徒も多い。

俺は生徒たちとあいさつを交わしながら、校門を通り抜ける。

どこの学校の校門にもたいてい桜の木が植えられているものだが、それは沢高でも同様だ。

「おはようございます、見取先生」

立ち止まって、花が散ったあとの桜の木を見上げていたら、泉水流梨にあいさつされた。

藍良の友だちであり、俺の教え子であり、学年総代でもある才媛の生徒。

才媛といえば、俺の妹の彩葉もそうだった。

俺と違って出来のいい妹は、この沢高を次席で卒業した。首席じゃなかったことで本人は悔しがっていたが、俺から見たら充分すぎる優等生だ。

クラス分けのドラフトで言えば、一位指名が最有力の人材だろう。是が非でも我がクラスに迎え入れたいと思う教員は多かったはずだ。今は高校教師の俺だから容易に想像できる。

たとえば全国模試でクラスの教え子が結果を残せば、担任教師は出世が近くなる。将来的に一流大学に進学を果たしてくれたら、担任教師どころか学校そのものの株が上がる。

実際、彩葉は俺よりもよほど偏差値の高い大学に進学した。今は大学四年生だが、在学中の司法試験合格だって夢じゃないだろう。

「花はもう散っているのに……見取先生は、桜がお好きなんですか？」

泉水は、まだ立ち止まっている俺に小首をかしげながら尋ねた。

「そうだな。もしかしたら、咲いてるよりも散ってる桜のほうが好きかもしれない」

「それは、見取先生のお名前が桜人だからですか？　桜人とは、桜の花を愛でる人という意味が込められている言葉です。先生は、花を咲かせる桜が嫌いだから、逆に花を咲かせない桜が好きになったんでしょうか？」

思ってもみなかった角度から指摘され、俺は面食らう。

「……泉水。なんでそう思うんだ？」

「私もまた、流梨という自分の名前が嫌いだからです」

初耳だった。

理由は気になったが、口には出さない。

教え子だろうと、デリケートな部分に踏み込んでいいことにはならない。本人から相談に乗って欲しいと請われない限りは。

だから、その代わりと言ってはなんだが、遠回しに聞いてみる。

「泉水。花が散ったあとの桜もまた、趣があると思わないか？」

実際、俺はそう感じる。自然を愛していた祖父の影響を受けたからだろう。

「先生。私は、花が散ったあとの桜の木に趣を感じません」

泉水は身も蓋もなく断じた。

「もし花が散ったあとの桜も人気だったら、花見という催しは春に限らないと思います。ですが、そうはなっていません。その時点で、咲いている桜のほうが魅力的なのは明らかです」

「べつに一般論を論じたいわけじゃないんだが……まあ、個人の価値観に違いはあるよな」

「はい。そして私と先生の価値観の違いは、年代によるものだと思われます。歳を取ると肉の脂が苦手になるのと同じです。歳を取れば取るほど、派手なものより地味なものを好みがちになるのでしょうね。歳のせいで刺激が強いものに対する感性が衰えていくんです」

あまり歳のせいとか言わないで欲しい。二十六歳はまだ若者の範囲だと思いたい。行政では一応、若者と呼ばれる対象範囲を三十九歳までと定めているわけで。

「泉水はさ、先生が歳を取ったから、派手な桜より地味な桜を好むって言いたいのか？」

「その通りではありますが、悪い意味で言っているんじゃありません」

「じゃあどういう意味で言ったんだ？」

「価値観が違う相手をのぞくのは、深淵をのぞくことに他なりません。たとえその相手が肉親だろうと。近しい家族だろうと。だからこそその好き嫌いを越え、善悪すら超越し、深遠なる境地——遥か高みから見渡し、相手を見下ろしたいと私は常々思っています」

中二病みたいなセリフだ。

おかげで意味がわかりづらいが、たぶん泉水が自分の名前が嫌いな理由は、そこに秘められているんだろう。

苗字ありきで名前を付けられたことが嫌なのなら、俺と同じ理由になる。

ダジャレのように安易に名付けられたのもそうだし、苗字というのは家系の象徴だから。

その呪いを下の名にまで及ぼされたのが耐えられないから、俺は自分の名前が嫌いなのだ。

泉水もまた俺のように、家系——自分の親族を嫌っているのだろうか？

……そういえば、祭里が泉水にめっしたと言っていたな。具体的になにをされたのか泉水に聞いてみたいが、性格的に誤魔化すだろう。

まあどちらにしろ、そろそろ職員室に向かわないと遅刻になってしまう。

「先生はもう行くよ。泉水、今日も委員長としてクラスをまとめてくれよ」

「はい。先生のご期待に応えます」

「藍良のことも、よろしくな」

「先生のご期待に関係なく、私自身が藍良さんと仲良くしたいので、ご心配は無用です」

中二病の気があったところで、俺の泉水に対する信頼は揺るぎないのだった。

「ま、間に合った……！　おはようございます！」

俺が職員室で授業の準備を進めていると、和歌月先生が遅刻ギリギリの時間で出勤した。

「見取先生、おはようございます！　あ、あのあのっ、あのあのそのっ！」

「……落ち着いてください、和歌月先生。なにか伝えたいことがあるんですよね？」

「は、はいっ……副担任の業務のことでお聞きしたいことがありまして……」

和歌月先生は顔を赤くしてもじもじする。

とても初々しい、というか学生にしか見えない。

背が低くて童顔だからよけいそう感じてしまうのだが、俺は彼女を頼りない新人教員などとは考えていない。

ここぞというときには必ず力になってくれる、俺のクラスの副担任なのだ。

「和歌月先生、そろそろ職員会議が始まりますので、お話はそのあとでもいいですか？」

「は、はい！　いつまでもお待ちしてます！」

……朝の職員会議なんて、十分程度で終わるんだがな。

時間になり、職員室の最奥に座る教頭先生が声を上げる。それを合図に、各学年の主任が伝達事項をこの場にいる全教員に言い渡す。

その途中、職員室の扉が開いて、遅刻常習犯の鍵谷が小走りで入ってきた。

「あれ、もう会議始まってる？　サーセン、陣痛を訴える妊婦に遭遇しまして。もう生まれるって言うんで病院まで連れてったんです。遅刻は不可抗力なんでオレのせいじゃないっす」

おまえ、言い訳が日に日に雑になってるぞ。

反省の色がまったく見えない鍵谷に、主任の鶴来先生がただちに注意を言い渡す。

「鍵谷先生、早く席に着いてください。会議で聞き逃したところは、ほかの先生ではなく私に聞きに来てください。そのときにその妊婦さんのご様子をくまなく教えてくださいネェ？」

「……かしこまりました。優しくお願いします」

「優しく、手取り足取り指導してあげますヨォ」

いつものパターンなので誰も気にしておらず、職員会議はスムーズに進行していった。

会議が終わり、へらへら笑う鍵谷とペチペチ額をたたく鶴来先生を横目にしながら、俺は和歌月先生の話を聞く。

「あのっ、今日は私が朝のHRを担当しますので、その前にお聞きしたいことがあって……」

クラスのHRは正担任が基本的に受け持つが、日によって副担任に任せることになる。正担任の外せない業務が、その時間に重なることはめずらしくない。

「それで、あのそのっ、出欠確認で生徒の名前を呼ぶときなんですけど……」

和歌月先生が言うには、名簿を見ながら出欠確認を行うのは、まだ名前を覚えていないと生徒に思われてしまわないかと不安とのことだ。

だが名簿を見ずに点呼を行う場合は、とっさに名前が出てこない恐れがある。

俺たち教員は担任クラスの生徒だけではなく、授業を受け持つクラスの生徒も把握しないといけない。その数は百をゆうに超えるのだから、ど忘れするのも無理はない。

「名簿を見るべきか、見ないべきか……。どちらが正しいと、見取先生は思いますか？」

「名簿を見るべきです」

断言する。

「教師というのは生徒の見本ですが、万能じゃありません。そういう意味では、万能じゃないことの見本でもあります。なのに自分の力を過信して、名簿を見ずに点呼しようとして、生徒の名前を思い出すのに少しでも時間がかかってしまったら、その生徒を傷つけてしまいます。先生は誰々を覚えているのに、誰々のことは覚えていない、といったふうに」

「た、たしかにそうです……。つまり、自分の身の程を知る……ということでしょうか？」

「身の丈に合わせる、ということだと思います。どんな仕事も経験を重ねていくことで、一人前になるものです。だから和歌月先生も、無理に背伸びをしなくていいと思いますよ」

「背伸び……」

もちろん和歌月先生の背が低いことを言っているんじゃなくて。

「焦らなくても、和歌月先生は将来、魅力的な教員になれますよ」

「み、魅力的……」

「はい。素敵な女性になると思います」

「素敵な女性……⁉　あうあうあっ！」

あたふたモードに突入した。

「わ、私っ、先生のお言葉を胸に、HRに行ってきます……！」

和歌月先生は床に頭がつくほど深い礼をしたあと、興奮気味に職員室を出ていった。

……張り切りすぎて空回りしないことを祈ろう。


今日は午前最後のコマに、俺の担任クラスで世界史の授業がある。

そのための教材を社会科準備室から教室まで運ばなければならず、休み時間を利用してクラス委員に頼むことになった。

クラス委員長の泉水流梨と、そしてクラス副委員長の星咲藍良。

「見取先生。このダンボールを運べばいいんですね」

藍良は家と違い、敬語で話す。藍良自身が今朝言っていた通り、校内では先生と生徒の関係を保つことを忘れていない。

とはいえ、教材の入ったダンボールを真っ先に抱え上げる藍良は、なんだかウキウキしていた。俺が頼み事をしたことに感謝でもするかのように。

そんな藍良を先頭に、俺と泉水もダンボールを手に廊下を歩く。どの荷物も重くはないが、かさばるために視界が悪い。

そのせいで、前方から走ってくる生徒に気づくのが遅れた。先頭の藍良は、まだ気づいていないようだ。このままだと、下手をしたら接触する。

俺は自分の荷物を片手だけで支え、空いた手を伸ばして藍良の肩をつかんだ。

「きゃっ……？」

足を止めた藍良の近くを、男子生徒が走り抜けていった。

「危ないぞ。廊下は走らないようにな」

すれ違いざまに注意すると、その生徒は「すみません！」と謝りながらトイレに駆け込んでいった。急いでいた理由が理由だったので、これ以上は咎めなくてよさそうだ。

「見取先生、藍良さんを助けたんですね」

泉水の言葉で、藍良も状況を把握したようだった。

「ありがと、さっく……う、ううん。ありがとうございました、見取先生」

藍良は態度を修正しつつ、遠慮がちに礼を言った。

「ところで、先生」

泉水が淡々と言う。

「藍良さんの身体に触れるのに、躊躇がなにもなかったですね。先生と生徒とはいえ、異性だというのに。まあ、おふたりの関係は私の知るところではありますけど」

俺と藍良が親子関係にあることは、元カノの祭里に話してしまったため、妹の流梨の耳にも届いている。

生徒に限れば、彼女が唯一の情報共有者になる。

「先生、そばにいたのが私でよかったですね。ほかの生徒だったら、おふたりの関係を変に勘ぐっていたかもしれません」

「……ご忠告、痛み入るよ」

「いえ、私はむしろグッジョブだと思っています。先生はそれだけ、藍良さんを大切に思っている証ですから。藍良さんも喜んでいたことですし」

「べ、べつに、私はっ……」

「昨日のショッピングでも、藍良さんは先生にかわいいと言ってもらうために服とアクセを選んでいたようですし」

「ち、ちがっ……！」

かあっと頬を染め上げる藍良に、泉水はやはり淡々と言葉を返す。

「藍良さん、急ぎましょうか。教材を運ぶ前に、休み時間が終わってしまいますよ」

泉水は、友だちの藍良にも丁寧語で話す。ほかのクラスメイトに対してもそうなのだ。スタンスなのかモットーなのか知らないが、俺はふと思った。

泉水が丁寧語ではなく普通に話すのは、家族を相手にするときだけなのではないかと。

さっさと廊下を歩いていく泉水に、藍良が唇をとがらせていた。

「……流梨さん、マイペースなんだから。私の周りってそういう人しかいないのかな」

祖父はそうだったし、飼い猫のトレジャーもマイペースだが、そこには俺も入ってるのか？類は友を呼ぶってやつかもしれない。だから藍良、おまえも充分マイペースだ。お嫁さん宣言にしたってな。

泉水を追っていった藍良は、隣に並んで会話を交わす。仲良さそうに。

性格的にウマが合うんだろう。きっと藍良の噂のことがなくたって、ふたりは友だちになったに違いない。

そこに一抹の寂しさを感じることもある。独り立ちをした藍良は、親離れをしたようなものなのだ。

親が娘を嫁にやる心境って、こんな感じなのかもしれないな……。

俺もふたりを追うと、泉水が待ち構えたようにして言う。

「藍良さんのことは私にお任せください。私は先生が望んだ通り、藍良さんと関係を持つことができたんです」

「……流梨さん。なんか妙な意味に聞こえるけど」

藍良の苦言を聞いているのかいないのか、泉水は平然と言ってのける。

「そして、先生。私は先生とも関係を持ちたいと、以前から変わらずに願っています」

関係を持ちたい、というのは入学当初からの泉水の常套句になっている。

からな？

……本当、それってどういう意味なんだよ。妙な意味だった場合は、祭里にめっしてもらう

「あ、あの……実は流梨さんって、さっく……じゃなくて、見取先生のこと……？」

「私は関係を持ちたいだけです。それ以上でも以下でもありません。ほかの意味を疑っても悪魔の証明になるだけです。気に病んだところで時間の浪費になるだけだと思いますよ」

あくまで澄ました態度を貫く泉水に、藍良は諦めたようにため息をついていた。

世界史の授業を終え、昼休みに入ったところで俺は職員室に戻ってきた。

沢高には食堂がある。近所のパン屋や弁当屋が出張してくるので、昼食を持参しない生徒は食堂で買って食べるのが普通だ。教員もまたそこで買って、職員室で食べることがある。

だが俺は、今年度から昼食持参になっている。

藍良の手作り弁当のおかげで、仕事中はこの時間が一番好きになっていたりする。待望のランチタイムというわけだ。

俺はランチバッグとスープジャーを机の上に載せ、手を合わせる。

今日の藍良お手製弁当は、鶏めしにぎりと味噌汁だった。

薄切りにした鶏もも肉とゴボウを炒め煮にし、ご飯に混ぜて、綺麗な三角に握ったおむすび。醤油の香りがたまらない。味噌汁の香りとよく合っている。

味噌汁の具である大根とワカメの素朴な味もまた、鶏めしにぎりの家庭的な味わいを、よりいっそう引き立てていた。

「見取先生のお弁当、いつ見てもおいしそうですね」

恍惚な気分で食べていると、隣で食事を進めていた和歌月先生が声をかけてきた。

「見取先生、お料理がお上手でうらやましいです。尊敬してしまいます」

藍良に作ってもらっていることは、同僚には教えていない。さすがに体裁が悪いからだ。

沢高の教職員は、俺が藍良の親代わりであることを知っているので、よけいに説明しづらい。子どもに家事を押しつけていると思われ、下手をしたら虐待だと責められる。

その懸念を藍良に話しても、食事作りはゆずろうとしない。俺の手伝いも断り続けている。

食に関しての信用がゼロなのだ。食生活に無頓着だった俺なので、さもありなんだ。

そのぶん、俺はほかの家事に精を出している。力仕事は率先してやっているつもりだ。

「お弁当作り……私なんて、なかなかうまくできなくて。なおさらすごいって思います」

「いえ、和歌月先生の弁当だっておいしそうじゃないですか」

和歌月先生の弁当箱の中身は、卵焼きにミニトマト、コールスロー、そしてタコさんウインナーだった。

オーソドックスながらもかわいらしくて、彼女らしいレパートリーだ。

「そ、そうですか？　以前はおばあちゃんがよく作ってくれて……でも甘えてばかりいられませんから、今年度から自分でも作るようにしたんですけど……」

和歌月先生は実家住まいだと聞いている。

前年度は赴任一年目だったし、覚える仕事が多くて余裕がなかっただろうが、二年目の今年度からは自分で弁当を作ることにしたようだ。

「お料理は、おばあちゃんに教えてもらいながらなので、まだまだ拙いと思います……」

「そんなことありません。特にこのタコさんウインナーなんて、形を整えるのが難しいでしょうに、とても綺麗に仕上がってるじゃないですか。和歌月先生はすごいですね」

「あ、あのあのそのっ、これは冷凍食品です……手抜きしちゃってごめんなさいっ！」

「い、いえっ、こちらこそよけいなこと言ってすみません！」

ふたりしてペコペコするハメになった。

「見取先生……お料理がお上手ですし、私に教えてもらいたいくらいです……」

和歌月先生はもじもじしながら、そっと上目遣いをする。

はっきり言ってかわいい。守ってあげたくなる、抱きしめてやりたくなる、むしろ弁当のように食べてしまいたくなる。

本気でやったら、俺の未来はロリコンの旅に出るのと同じくらい暗いものになるけどな。

なんにしろ俺は料理下手だし、和歌月先生には悪いが本当のことも言えないので、適当に言葉を濁しておくしかない。

「すみません、和歌月先生。ほかの相談事でしたらなんでも乗れるんですが……」

「なんでもですかっ！」

勢いよく食いついてきた。俺は思わずのけぞった。

「見取先生っ、さっそくですけど相談に乗って欲しいです、食べながらで構いませんので！」

……とりあえず、弁当の話題からは離れてくれたのでよしとしよう。

和歌月先生の相談事は、今朝と同じく副担任の業務についてだった。教材研究と並行することが大変で、うまく時間を作ることができないらしい。

教材研究にどれだけ時間を割けるかで、授業の質は変わることになる。年間を通して最も力を入れなければならない部分なのだ。

そのため副担任の業務にあまりに忙殺されると、この本業が疎かになってしまう。そうならないよう、俺は時間を作るコツを教えることにした。

「言ってしまえば、ルーティンワークをいかに効率化するかに尽きると思います」

俺たち教員が受け持つ授業は、毎週決まっている。逆に言えば、必ず決まった空きコマができる。その時間を計画的に活用するのが基本になる。

担任業務のひとつである書類作成——学級通信、健康診断表、通知表などは、毎年どの時期に作成するか大まかに決まっている。

それらを事前に頭に入れておけば、空き時間に処理ができる。時間ができてから初めてなにをやろうか考えていたら、そのぶんロスになってしまう。

事前に計画を立てていれば、たとえ教頭や主任といった上司からほかの業務を押しつけられそうになっても、今はこの仕事があるからと理由を話し、断ることもできるのだ。

「和歌月先生。業務を押しつけられそうになったら、まずは正担任である僕に言ってください。僕が必ず先生の助けになります。いつでも相談に乗りますから」

「は、はい……！　私は見取先生にいつでも、いつまでも相談したいんですっ！」

……いえ、できればいつかは相談しなくていいようになって欲しいんですけどね。

結局、昼休みが終わるまで、俺は和歌月先生と一緒に過ごすことになった。おたがい弁当で、席も隣同士なので、この時間はふたりで過ごすことが定番になりそうだ。

午後の授業を終え、帰りのHRに入った。

俺はクラスの生徒たちに、先日行われた体力テストと身体計測の結果を渡す。

その際は、席の列ごとに一括で配るのではなく、俺がひとりひとり手渡すことになる。プライベートな情報なので、本人以外に見られないようにするためだ。

特に現代は、文部科学省の方針によって胸囲や座高の測定が廃止されるくらい厳しくなっている。教科書と同様、時代と共にそのあたりもアップデートされていく。

ちなみに体重はちゃんと量る。その数値はほかの生徒に知られなくても、クラス担任の俺の目にはしっかり触れることになる。

計測結果を渡す際の藍良は、顔を赤らめながら、じと目を向けてきた。

……うん、たしかに藍良の体重は知ってしまったけどさ。むしろ誇っていい数値だぞ？

その後、簡単な連絡事項を伝え、最後に注意事項を言い渡す。

「最近、遅刻や忘れ物が増えてきてるぞ。授業中の私語や居眠りの報告も、ほかの先生から上がってる。学校生活に慣れてきて、たるんでくる時期だから、気を引き締めるようにな」

寝坊しがちな俺も、教え子のことをあまり言えないので、自分への戒めも込めている。

「それじゃあ、今日はこれまで。日直、号令」

起立、礼、さようなら。

HR後、俺はさっさと教室を出た。

藍良のほうを見ることはしなかった。体重を知られたくらいで文句を言ってくるような彼女じゃないが、なんだか気まずくなりそうだったから。

職員室で和歌月先生と一緒に担任業務を続け、翌日の授業の準備もおおかた終えると、俺は退勤時間の十七時に職場を後にした。

昇降口を抜けると、ちょうど帰宅する運動部の集団と出会った。

どうもダンス部のようだ。昨今、体育の授業でダンスが必修になったためか、ダンス部の人気も上がっていると聞く。

生徒たちは「先生さようなら」と口々に声をかけてくる。俺もオウム返しに何度もさようならと応えながら、校門を出る。

帰宅の途についていると、ちょうど藍良の背中を見つけた。

銀髪なので、遠目だったり後ろ姿だったりしてもすぐにわかる。

下校が遅くなったのは、放課後にクラス役員の仕事があったからだろう。

俺は藍良に声をかけようと、足を踏み出そうとした。

だが、途中で思い留まった。周囲にはまだ下校する生徒の姿がある。校内だけじゃなく、外でも俺たちの関係を匂わす行為は極力避けないといけない。

俺は、藍良とはつかず離れずの距離を保ちながら、声がけするタイミングを見計らうことにした。俺たちの家はへんぴな場所にあるため、しばらくすれば人の目もなくなるだろう。

……まあ、家に帰れば顔を合わせるわけで、いま無理に声をかける必要もないんだけどな。

以前の俺なら、そう考えただろう。帰宅途中で一緒になるなんて、誰の目があるか知れないと思い、必要以上に避けてしまっていただろう。

だが今の俺は、無理に距離を置くほうが、藍良を悲しませるのだと知っている。

ぽつりぽつりと下校中の生徒がいなくなり、ようやく俺たちふたりだけになった。

声をかけるなら、今しかない。

その前に、藍良が急に立ち止まり、こちらに振り向いた。

「さっくん。一緒に帰る？」

藍良の口振りは、俺の気持ちを読んでいたかのようだった。

「……俺が後ろにいるって、気づいてたのか」

「うん。足音で」

「それだけでよくわかったな……」

「それだけで充分よ。さっくん、私に声をかけようかどうかずっと迷ってたでしょ？　そんな感じの足音だったから」

いくら家族だからって、そこまでわかるものだろうか？

藍良は家族という関係以上に、俺のことを意識している。その事実を否応なしに突きつけられる。

藍良が俺のもとに歩み寄ってくる。そのとき、彼女の後ろに車が見えた。

車は、この狭い道を走るには不相応な速度を出していた。

ここは歩道が整備されていないし、危険極まりない。そして藍良は、まだその車に気づいていない。

……俺の足音はわかっても、車の音はわからないのか？

きっとそれは、今の藍良の意識すべてが、目の前の俺にだけ向けられているからだ。

俺はとっさに駆け寄り、藍良の手を取った。

「きゃっ……？」

目を白黒させる藍良を引っ張り、道の端に移動させる。

勢いがつきすぎて、ほとんど抱き寄せる格好になった。そんな俺たちのすぐ横を、車が通り過ぎていった。

「あ……さっくん……」

声の合間に感じる、藍良の息づかい。俺を見上げるその瞳が揺れている。

頬や耳が、夕陽に負けじと赤らんでいく。

今日、学校でも藍良の肩をつかんだ。それと似たようなシチュエーション。いや、それを越えたシチュエーション。

危険は過ぎたし、俺は藍良から離れようとした。

だけど、できなかった。

藍良の手が、俺の服をぎゅっと握っていた。まだそばにいて欲しいと言わんばかりに。

密着しているために感じる、柔らかな感触。藍良の胸の感触、その体温。

そして、このぬくもりこそが、俺を恐怖症から解放してくれる唯一の……。

「……………」

「……………」

俺たちは依然、間近で視線を交わしている。見つめ合っている。

ここは校内ではなく、周囲に人気もなく、だから先生と生徒の関係、親子の関係を保たねばならないという強迫観念も生まれない。

……あと少し、ほんの少しだけ、顔を寄せれば。

……もう本当に、藍良とキスができそうだ。

そこまで思考し、考えてはならないところに行き着く前に、俺はかぶりを振った。

強引に邪念を払拭したあと、強張った肩を動かして、藍良の頭にぽんと手を置いた。

「……藍良。そろそろ離れようか？」

俺は真下の藍良ではなく、真上の夕空を見つめながらそう言った。

「うん……。ごめんね」

藍良は、俺の服をつかんでいた手をゆるめ、身体を離した。

なぜ謝るんだろう。車に気づかなかったから？　俺に助けてもらったから？

たぶんそれは合っているし、それだけが理由というわけでもないんだろう。

俺たちは自宅に向けて歩き出す。ふたり並んで、だけど少し距離を置きながら。

「さっくんと一緒に帰るの……これが初めてね」

「……言われてみるとそうか」

「朝はいつも、十五分ずらして学校に行くのに。帰りはいいの？」

「たまにはな」

もちろん周囲への注意は怠らないがな。

「さっくん、男の子ね」

「……なんだそれは。子ども扱いするな」

「そんなつもりじゃなくて。さっくん、車道側を歩いてくれてるから」

ついさっき、あんなことがあったのだから、当たり前のことだ。

「だからさっくん、男の子だなって」

藍良はたしかに俺を子ども扱いしていないのだろうが、大人扱いだってしていない。

子どもでも大人でもなく、俺とは対等な関係――恋人や夫婦の関係を望んでいる。

俺は、後ろ頭をかいてやり過ごす。

「ほら、それ」

藍良がおかしそうに指摘した。

「後ろ頭をかくの、さっくんのクセ。なにか悩んでるときと、もうひとつは、照れ隠し。髪っていうか、首の後ろを撫でてる感じだけどね」

……俺にそんなクセがあったのか、知らなかった。

藍良は本当に、俺のことをよく見ている。まあ俺だって、そっぽを向く藍良のクセは知っているけどな。

「さっくんのクセ、ちなみに流梨さんも気づいてたよ」

……彼女も俺のことをよく見ていたな。怖いくらいに。今はそうでもないのだが。

「さっきのさっくんのクセは、悩んでるのと照れ隠し、どっちだったのかな？」

「悩んでるんだよ。誰かさんがイタズラ好きのせいで」

「ほら、また。後ろ頭かいてる。実は照れ隠し？」

……やりづらいじゃないか。

「あはは。さっくんを困らせたのは、ちょっとした仕返し。だって私の身体計測の結果……見たんだもの」

藍良の顔がまた、夕陽のように赤くなる。

「……生徒の健康状態を把握するのは、担任の仕事なんだよ。許してくれ」

近々行われる予定の健康診断の結果も、俺は目を通すことになる。

養護教諭と情報を共有しておかなければ、生徒に万が一のことがあった場合に俺はなにも対処できなくなってしまうからだ。

「そんな仕事熱心なさっくんに、私が注意喚起してあげる。流梨さんは、体重を気にしてるみたいよ。だから流梨さんにはこういった話題を振らないように気をつけてね？　流梨さん、お姉さんと違って食べても栄養が全部胸にいくわけじゃないみたいだから」

……ちょっと待て、藍良はやっぱり祭里のことを泉水から聞いてるのかよ。

藍良は元カノの祭里のことをどこまで知っているのだろう？　尋ねてみたいが、やぶ蛇になる予感もするので俺からは口に出しづらい。

「さっくん。流梨さんに体重のことは言わないようにね？」

「……言うわけないだろ。そもそも健康に関する指導は、養護教諭の領分だ」

担任の俺はその報告を受け取り、必要な範囲でサポートをするだけだ。

だいたい泉水は、俺から見てもべつに太っていない。藍良と同レベルで理想的な体型だ。

まあ藍良と泉水のどちらも、祭里に比べたらお子さまな体型でしかないのだが。

「さっくん。今日の晩ご飯はセロリとピーマン、どっちがいい？」

「なんでだよ！　どっちもやめてくれよ！」

「冗談よ」

藍良はおかしそうに笑った。俺は結局、後ろ頭をかくしかなかった。


夕飯はめでたくセロリとピーマンを使っていなかったので、俺は食後に意気揚々と持ち帰り残業に取りかかる。

いや、意気揚々は言い過ぎだった。やる気があるとは言い難い。

とはいえ、何事も始めてしまえば継続できるようになる。ズーニンの初動四分間の法則なんてものもあるくらいだ。

勉強したくなくていつの間にか部屋の掃除をがんばっていた、というのは初動に勉強じゃなく掃除をやってしまったせいだ。

掃除だって普段ならやりたくないのに、始めてしまうとがんばれることがこの法則の正しさを証明している。たぶんだけど。

よって、働きたくないでござると思いながらも俺はとりあえず仕事を始める。関門である最初の四分を越えると、次第にノってくるようになる。

ガラガラ。

せっかくノってきたのに、最悪なタイミングで部屋のふすまが開けられた。

やって来たのは、飼い猫のトレジャーだ。

こいつは猫のくせに、俺の部屋に器用に上がり込む特技を持っている。こっちとしては天災みたいなものだ。

トレジャーは我が物顔で歩いてくると、仕事机にぴょんと飛び乗り、あくびをした。

俺は仕事の邪魔でしかないこの畜生の首根っこをつかみ、遠くに放り捨てた。

するとトレジャーは空中で反転し、壁をキックした。どこぞのサッカー漫画で見たことのある、三角飛びってやつだ。その勢いのまま仕事机に舞い戻ってきた。

見事な身のこなしに思わず拍手をしてしまった自分が、ひどく悔しい。

トレジャーは勝ち誇ったようにジャーと鳴いたあと、仕事机を陣取ったまま悠々と毛繕いを始めていた。

マジでなんなんだよこの猫は！　俺を苛つかせるために生まれてきたんじゃねえの⁉

……いや、でも、もしかして。

俺は、これまでトレジャーに苛立ちを覚えた場面を思い返してみた。

それはたいてい、俺が仕事をしているとき。

もしくは藍良を怒らせたり、悲しませたり、寂しがらせてしまったとき。

つまり俺が仕事をしていると、ひとりになる藍良が寂しがってしまうから、こうしてトレジャーが邪魔をしていることになる……。

「……おまえ、主人思いなんだな」

「ジャー」

「できれば俺のことも、主人と思って欲しいところだけどな」

トレジャーは、ジャーと鳴かなかった。

こいつの主人は藍良ひとりだけらしい。俺にはイタズラばかりするのに、藍良にはまったくしないのもその主従関係を表している。

「トレくん、やっぱりここにいた」

風呂上がりの藍良が、遅れてやって来た。

「さっくんと一緒に暮らすようになってから、トレくんはシャンプーブローが終わるといつもここに来るようになったけど。さっくんに構って欲しいのかな？」

正確には、藍良が俺に構って欲しいのだろうとトレジャーが思いやっているからだ。藍良はトレジャーを探すことで、この部屋に自然に訪れることができるのだから。

まったく。トレジャー、おまえの主人はそんなこと一度も頼んでいないだろうに。

「トレジャーはほんと、藍良思いだな」

「そう？　トレくんはただ、自由気ままなんだと思うよ」

藍良が、トレジャーの頭を撫でながら言う。

「猫って犬と違って野生の血を色濃く残してるから、自分らしさを失わないんだって。どんな飼い猫も、誰かのものにはならないの。トレくんはなにがあろうとトレくんだから、私がいてもいなくても本質は変わらない。私のことも主人だなんて思ってないんじゃないかな」

「そっか。じゃあ主人じゃないなら、友だちだな」

「……うん。そうだったら、嬉しいな」

藍良は、今度はトレジャーのあごの下を撫でる。

トレジャーはごろごろと喉を鳴らしながら、尻尾を左右に揺らす。その尻尾は途中で折れ曲がっている。

「幸運を届けてくれる、トレくんのカギ尻尾……」

藍良がなにかを思い返すように、瞳を細めながらつぶやいた。

「カギ尻尾って？」

「尾曲がりの猫のこと。遺伝や突然変異によって生まれるみたい。海外ではめずらしいそうだけど、日本には結構いるんだって。曲がってる尻尾が、物を引っかけるのに使うカギに似てるから、幸運を引っかけて届けてくれるって言われてるのよ」

そういえば、同僚の鍵谷が言っていた。

自分は「鍵」という文字が入ったこの苗字を気に入っている。幸運を呼ぶからだと。おかげで臨時教員という渡り鳥であっても、うまく止まり木を見つけられるのだと。

物を引っかけるカギは、漢字だと「鍵」じゃなくて「鉤」だと思うんだけどな。

「尾曲がりの猫は幸運を引っかけて、持ってきてくれる。でもさっくん、その幸運って私たちに対してなのかな。私は、私たちにじゃなくて……トレくん自身に幸せを運んで欲しい。だってカギ尻尾なのはトレくんなんだから。私たちは私たちで、自分の力で幸せになるべきだもの」

藍良はトレジャーを抱きかかえ、部屋を出ていった。次は編み物の道具を持って訪れるのだろう。

「自分の力で幸せになるべき……か」

わかっている。だから俺も、自分の力で恐怖症を克服するつもりなのだから。

今夜の藍良は編み物の道具ではなく、勉強道具を持ってきた。

「いつもはさっくんが帰ってくる前に、学校の課題を終わらせるんだけど。今日はクラス委員の仕事があって、時間がなくて」

藍良は折りたたみ机も持ってきている。用意周到だ。

放課後、部活に入っていない藍良は時間があるため、すぐに帰宅すればそのまま自宅学習に取りかかれる。夕飯作りを始める前に、勉強を終わらせることができていたわけだ。

それは裏を返せば、藍良には家事があるため、部活に入ることができないという現実にもつながる。

もし藍良が部活に入りたいのなら、俺も力になりたい。その時間を作るために、これまで以上に家事を手伝いたい。料理だってたまには俺に作らせて欲しい。

そんなことを思いながら仕事を進め、十時が近くなると、勉強を終えた藍良が俺の背中に抱きついてくる。

「さっくん、お風呂の時間よ？」

俺は苦笑しながらうなずき、藍良の頭を撫でたあと、立ち上がって部屋を出る。

一緒に入る？　とは聞いてこなかった。まあ俺の返答はいつも決まっているし、藍良も冗談でしかなかったはずだし、いつかは終わるやり取りだ。

なのに、ちょっと寂しく感じたのはなぜだろう。

なんだこの気持ちは。藍良、俺を変なふうに調教しないでくれ。調教はアルコール摂取量だけにしてくれよ。

風呂から上がると、藍良はまだ起きていた。俺を待ち構えるようにして、なぜかドライヤーを持ちながら。

「さっくん、私がお休み前のブローをしてあげるよ。どう？」

髪を乾かしてくれるようだ。いつもトレジャーにシャンプーブローをしているし、ドライヤーの扱いには慣れているんだろう。

「藍良こそ、とっくに寝る時間だろ？」

「さっくんにブローしたら、すぐ寝るよ」

ブローするのは確定のようだ。美容室でしか経験がないし、新鮮に映ったせいか、俺もつい首を縦に振ってしまった。

ソファに座ると、藍良が後ろに回る。俺の濡れた髪に向け、いい按配で温風を当てていく。

え……なんだコレ。心地よい。美容室でやられるよりも気持ちがいい。

時間帯の影響もあるのだろうが、さながら深い眠りに誘うマッサージのようだ。

俺が次に気がついたとき、身体はソファの上で横になっていた。

「さっくん、起きた？」

藍良が俺の顔をのぞき込んでいる。

いやに至近距離だった。垂れている藍良の髪の香りがするくらいに。

そして、それと同じくらい優しいぬくもりが、首の後ろに広がっている。

おかげで気づいた。俺の身体はソファの上だが、頭は藍良の膝の上であることを。

俺に膝枕をしている藍良は、もうドライヤーを持っていない。その手は、俺の髪を梳いていた。

見つめる瞳は、その感触にも増して、慈しみに満ちている。

「俺……寝てたのか」

「うん、ブローの途中で。そんなに気持ちよかった？」

その通りだが、素直にうなずくことはできなかった。

気恥ずかしい。なのに、膝枕から離れることができない。

ブローだけでこうなのだから、シャンプーブローはもっと気持ちいいのだろう。ただそれは、藍良にシャンプーもしてもらうことになる。

藍良と一緒に風呂に入るという意味になる……。

「さっくんが気持ちよかったなら……私も同じくらい、よかったな」

俺の葛藤をよそに、藍良はそうささやいた。

「……藍良も気持ちよかったのか？」

「うん……。さっくんが気持ちいいと、私も気持ちよくなるみたい」

その言葉は、俺の葛藤をより激しいものにさせる。

「さっくんのためにやることが、私のためにもなる……。だけど、さっくんが私のためにやることが、私のためになるとは限らない……。私は、さっくんには気持ちよく眠ってもらいたい……。さっくんには、いくら私のためだからって、あまり無理をして欲しくない……」

そしてこの言葉で、高鳴っていた俺の心臓は、痛みのために静まることになった。

……そうか。藍良は、知っていたのか。

俺がこの時間、藍良のために祖父の足跡を追っていたこと。そのせいで寝る時間が遅くなっていたことを。

だが、恐怖症を克服する訓練をしていることまでは知られていないだろう。今の藍良は、俺がもう恐怖症を克服したと考えているのだから。

俺は部屋の明かりを点けたまま眠るが、タイマーを使って眠ったあとに明かりが消えるようにしている。だから俺が寝坊し、藍良が起こしに来ても部屋に不自然なところはないはずだ。

どちらにしろ、俺は藍良を困らせてまで、睡眠時間を削りたいわけじゃない。

「今夜は早めに休むよ。藍良のおかげで、ぐっすり眠れそうだ」

藍良は安心したのか、微笑んだ。ドライヤーの温風よりもあたたかい笑み。

俺は、藍良の膝から身体を起こした。代わりに藍良の頭を撫でてあげる。なにも心配はいらないと告げるつもりで。

藍良の笑みが、照れ笑いに変わる。

この笑顔を守るためにも、俺は今後、日付が変わる前には寝床につくことにしよう。

藍良と別れて自室に戻り、俺は就寝時間まで冒険家になるための勉強をする。

自宅学習が必要なのは、学生だけではなく、社会人も同じだ。それで初めて人は成長できる。

そして成長というのは、真似事から始まると言われる。先人が築いたレールに乗ることで、効率的に学ぶことができるのだ。

とはいえこの時代、冒険家になるのは酔狂でしかない。だからなのか、教科書というものが存在しない。冒険家になるための方法は、これだという決まったやり方がない。

そもそも冒険とはなにか、という問いの答えが、冒険家によって変わるらしい。

著名な冒険家の例を挙げるとしたら、コロンブスの新大陸発見、マゼランの世界一周航海、国内で言えば伊能忠敬の日本地図測量といったところだろう。

そしてその冒険家たちそれぞれが、異なった経緯で冒険を成し遂げている。

冒険家の種類は様々だということだ。登山家や洞窟探検家、自転車冒険家に海洋冒険家に極地冒険家にと、思い浮かんだものを羅列するだけでも多種多様だ。

冒険という言葉を辞書で調べてみても、危険を承知の上で行うこと、成功が確かでなくてもあえてやってみること、とある。これじゃあ人の数だけ冒険がありそうだ。

おかげで俺は冒険とはなにか、冒険家とはどういう職業なのか、理解しているとは言い難い。

冒険家を目指したくても、そこに向かう道筋がなければ迷子になってしまう。

だからこそ、俺は祖父を真似る。

じいちゃんの道筋——残してくれた軌跡をたどっていく。

「……あれ？」

今夜手に取った祖父の出版物のあるページに、俺は目を留めた。

そこには、ファンからの声が載っている。

その人は祖父の活躍を写真集で知り、感銘を受け、それがきっかけでほかの書籍の冒険譚にも触れたことでファンになったそうだ。

ファンは祖父に対して、こう語っている。

あなたの記録を目にすることで、自分はあなたの冒険に同行できた。想像の中で初めての大地を踏みしめ、初めての山を登り、初めての海を渡ることができた。

自分はあなたのおかげで、現実では難しい大冒険に心躍らせ、感動できた。

そのファンは感想を届けただけではなく、祖父に質問もしている。

あなたが冒険をするのは、記録を残して自分たちのような冒険ができない人たちに、夢を見せるためなのだろうかと。

祖父はこう答えている。

私が冒険をするのは、誰かに夢を見せるためだけではなく、自分自身が生きるためでもあるのだと。冒険とは、私にとって生きることそのものなのだと。

だから、キミに言いたい。キミはなぜ、自分が冒険できないのだと考えるのだろう？

目指したいところに向かうだけでいい。それだけで、冒険なのだ。

私はキミがいつか、キミにしかできない、キミだけの冒険の旅に出ることを願う。

その道の先に、キミが探し求める秘宝が眠っている。

格好つけた祖父の答えに、そのファンはこう思ったそうだ。

自分は、自分のいるこの場所が、世界のすべてだと思い込んでいたのかもしれない。

過ごしてきたこの時間が、人生のすべてだと思い込んでいたのかもしれない。

うまく泳ぎきれなくても、構うものか。もがいてもがいて、どんなに息苦しくても、今とは違う世界にたどり着いてみせる。

あなたのような、秘宝を探す冒険に、いつか必ず出てみせる――

「……じいちゃん。このファンはまるで、あんたの教え子みたいじゃないかよ」

親近感が湧くところだが、俺が注目したのはそこじゃない。

このファンの名前が「泉水天晴」となっているところだ。

本名かどうかは怪しいが、「泉水」の字にどうしたって意識が引かれる。

泉水という苗字はめずらしい部類に入るのだから、泉水祭里や泉水流梨に関係していると考えてしまうのも無理はない。

　この本の発行日は、十五年前になっている。その頃、俺と同い年の祭里はまだ小学生だし、流梨に至っては生まれたばかりだ。

　だからこのファンが流梨とは思えない。祭里の可能性だってかなり低いだろう。

　だとしたら……。

「……次に祭里と話すときに、聞いてみるか」

　勘違いだったとしても、会話のネタくらいにはなるだろう。


　日付が変わりそうになったところで、俺は布団に入る。

　暗闇の中で眠る訓練に乗り出す。今夜はいつもより眠れる気がする。

　藍良のブローのおかげだ。そうに違いない。今の俺が藍良のぬくもりがないと眠れないのだとしたら、ブローがその役割を果たしてくれるはずだ。

　だから今夜こそ、俺はひとりで眠れるはずだ。

「……なんてことは、なかったな」

　俺が暗闇に耐えられたのは、一分弱だった。平均タイムでしかない。

　……俺にはやっぱり、藍良の添い寝が必要なのか？

　親子が同じ布団で眠ることは、性的接触ではなく、あくまで家族としての愛情表現。そのようにこじつければ、世間的にも許されるのかもしれない。

だが俺は藍良の本当の親ではなく、親代わりだ。里子に安心安全な生活を送らせるための里親なのだ。しかも正式な里親にはまだなっていない。

だというのに、こんな事情をもし里親支援ソーシャルワーカーである鳴海さんに知られたら、なんと言われるだろう？

決まっている。

俺には里親の資格がないと断ぜられ、今の同居生活は破綻する。

たとえ性的な意味がなかったとしても、里親が安心して眠るためだけに里子を抱き枕のように扱うだなんて言語道断、虐待以外のなにものでもない。

結果、この仮の家族関係は解消。俺はひとり暮らしに戻り、藍良は施設行き。この家も売りに出され、まがうことなきバッドエンド。

……じゃあ俺は、どうやってこの恐怖症を克服したらいいんだ？

ひとしきり苦悩したあと、座右の銘を引っ張り出した。

どうにもならないことは、忘れることが幸福だ――

「よし、悩んでもしょうがないことは考えないようにしよう」

恐怖症は恐怖症のまま、放っておく。無理に克服することはない。

いつの日か、藍良の出自を探すために冒険の旅に出るとして、必ずキャンプをしなければならないわけじゃない。インフラが整備されている土地を旅すれば、普通に宿を使えるのだ。

それが難しく、たとえキャンプを強いられたとしても、星明かりがあればいい。

狭いテントには入らず、野外で眠ることができれば、なんとかなる。

俺の恐怖症は、閉所と暗所さえなければ、発症しない。

「条件は決まってるし、避けることは簡単だな！」

俺は消灯のタイマーをセットし、改めて布団に入る。

……ああ、わかっている。今の言葉がどれだけ非現実的かは理解している。

テントの外で寝たとして、星明かりがあるのは晴れているときだけだ。曇りや雨ならアウトになる。

ランタンを絶えずそばに置いておくとしても、気温や天候いかんでは無事では済まない。

外で眠る行為は、氷点下になれば、いくら厚着をしても凍傷の危険がある。雨もそうだし、雪の中で眠るなんて殺してくださいと言っているようなものだ。

冒険家の行動が、気温と天候に左右されたら、冒険のルートは大きく制限される。

俺と藍良は、世界を自由に旅することができなくなる。

そのせいで、藍良の本当の家族を見つけることができないかもしれないのだ。

（どうにもならないことは、忘れることが幸福だ――じいちゃん、あんたはどういう意図でこの言葉を俺に教えたんだ？）

叶えられない夢を見続けるのは、自分を傷つけるだけで苦しいから、だから捨てろ？

違う気がしてならない。

俺は、忘れようと思えば思うほど、忘れられなかったのだから。

藍良と共に憧れ続けた、この冒険家の夢を。

だとしたら、俺がやるべきことは決まっている。

どうにもならないことを、どうにでもなることに変える。

忘れたかったことを、忘れなくても幸福に感じられるよう、努力するしかないじゃないか。

(俺は……藍良と一緒に、休日のキャンプだって楽しみたいんだ)

喜んでくれた藍良を、失望させたくないんだよ……。

2章　保護者会と家庭訪問

◎その1

土曜日になった。

学校はないが、時間がかかって平日にはできない家事を、藍良と一緒にやることになる。

「さっくん」

休日だからといって寝坊しなかったのに、藍良はなぜか腰に手を当てていた。

「ちょっとそこに座りなさい」

また正座ですか。

自室にビールの空き缶は隠していないので、酒に関するお説教ではないだろう。

「さっくん、部屋の本棚にある本をよく読んでるようだけど。本棚から出した本は、ちゃんと元の場所に戻しなさい。散らかしたままにしておかないように」

母親が子どもを叱る構図だった。

「……いやでも、俺の部屋なんだし、藍良が気にすることないだろ？」

「気にするわ。自分で出した物は自分できちんと片付けるのが基本だもの。なのにさっくんがやらないから、私が片付けることになるんじゃない」

……なるほど、俺が夜更かししていると気づいたのはそのせいか。読んでいた本がいつの間にか本棚に戻っていたことは、疑問に思っていたのだが。

「ていうか……藍良が片付けてたのか？」

「うん。本だけじゃなくて、ほかの物も。まさか小人が片付けてくれてると思ってたの？」

「……じゃなくて、なんで藍良が片付ける必要があるんだ。だいたいなんで藍良が本以外の物まで元あった場所を把握してるんだ。そもそも俺の部屋に勝手に入るんじゃない」

「そんなことよりも」

すべてスルーされる。

「今後は出した物を自分で片付けるように。べつに私は、さっくんの代わりに部屋を片付けるのが嫌って言ってるわけじゃなくて。むしろ好きなんだけど……う、ううんっ、だらしないさっくんが好きってことじゃなくてねっ、さっくんのためを思って言ってるだけでねっ」

怒ったり慌てたり赤くなったり、一人芝居を観ているようだ。

「……とりあえず、藍良が気にすることないんだって」

「そう言われても、さっくんの部屋、いつもジャングルみたいになってるんだもの」

「だから勝手にのぞくんじゃない」

「私は今、片付けの話をしてるの」

「俺にとっては部屋をのぞかれてるほうが問題なんだが……」

「散らかってる物を片付けてるだけで、家捜ししてるわけじゃないから安心して」

そのわりに、隠しておいたビールの空き缶を何度も探し出しているような……。

ともあれこのままだと、いつかは女子に見られたくない娯楽品まで見つかってしまう。

「あのさ、藍良。家捜ししなかったとしても、たとえば俺が藍良の部屋を勝手にのぞいたりしたら、嫌だろ？」

「嫌じゃないよ」

マジかよ。

藍良の部屋は整理整頓が行き届いているが、それでも年頃の女子なら男に勝手に立ち入って欲しくないはずなのに。

「ほかの人にのぞかれたら嫌だけど、さっくんならぜんぜん問題ないよ」

その大きな信頼に、俺はぐうの音も出なくなった。

「さすがに着替え中はやめて欲しいけど……それとも、のぞきたいの？」

「……そういうわけじゃない」

「よかった」

藍良は、これで話は決まったとばかりにうなずいた。

「それじゃあさっくんは、今から散らかってる自分の部屋を片付けてね」

……まあ、俺が今後散らかさなければ、藍良が部屋に入ることもない。そう考えれば、面倒でもやるしかないか。

「さっくんが片付けたあと、私が掃除機をかけてあげるね」

「……待て待て。それじゃ結局、藍良が部屋に入ることになるだろ」

「部屋に入らないと掃除機をかけられないじゃない」

「それくらい自分でやるから……」

「さっくん、この家に越してきてから部屋に掃除機かけたことある？」

一度もない。

「毎日かけてるぞ」

「ウソつきなんだから」

部屋をチェックしているらしい藍良にはバレバレだ。

「私が掃除機かけるときに散らかってたら、大事な物でも吸い込んじゃうよ。そうならないためにも、さっくんは日頃から整理整頓を心がけてね」

「……なんかもう堂々巡りしそうだけど、最後の抵抗をさせてくれ。ひとり暮らしの頃もそうだったけど、俺の部屋は散らかってるのが完成形なんだよ」

「意味がわからない」

「説明するとだな、たとえジャングルだって生えた木の一本一本に意味があるんだよ。つまり俺は散らかしていると見せかけて、どこになにが置いてあるかすべて把握してるんだ」

「その一本一本を綺麗に伐採しましょうか」

「少しは俺の言い分を聞いてくれ」

「家事が終わったらお昼ご飯作るけど、さっくんはなに食べたい？」

これ以上俺が抵抗したら、苦手な料理が出てきそうだ。

「……苦い野菜以外でお願いします」

「うん。さっくんがちゃんと部屋を片付けてくれたら、そうなるよ」

そんなわけで、藍良の尻に敷かれた俺は自分の部屋を片付ける。

それが終わったらキッチンやトイレ、洗面台を綺麗に磨いてゴミをまとめる。この家の力仕事は基本的に俺の担当だ。

その途中、回していた洗濯機の終了の音が鳴った。藍良より先に気づいた俺が、ベランダに干すべく洗濯物を取り出す。

「さっくん！」

藍良が慌てて駆け寄ってきた。

「洗濯機の中、私の洗濯物も一緒に入ってるから！」

「ああ……そういえば」

開けていた洗濯機の蓋を、すぐに閉め直す。洗濯物には藍良の下着も含まれている。男の俺に見られたくないのは当然だ。

同居生活に慣れてきたぶん、今回はそのせいでデリケートなところに気が回らなかった。洗濯の担当がいつも藍良だったことも一因だ。

「なあ、藍良。今後は俺たちの服、分けて洗濯したほうがいいか？」

「あ……ううん。洗濯ネットに入れてるし、見られることはないんだけど……。ただ、さっくんが洗濯ネットから取り出すかもしれないから」

「……なんでだよ。俺にそんな趣味はない」

まさかクンクンでもされると思ってるのか？　藍良は俺を信頼していると思っていたのに。

「でもさっくん、どの洗濯ネットになにが入ってるか知らないでしょ？」

「……あれ、下着だけじゃないのか？」

「うん。傷みやすいものは全部入れてあるの。インナー以外なら、さっくんが取り出してベランダに干してもらって構わないんだけどね。でもどのネットにどんな洗濯物が入ってるかわかってないとまずいかなと思って」

男の俺なので、どの洗濯ネットにブラジャーが入っていて、どの洗濯ネットにパンツが入っているかなんて雲をつかむような話だ。

下着もシャツも一緒くたに洗濯機に放り込むことしかできない俺でも、せめて干すくらいは手伝えると思ったのだが、遠慮したほうがよさそうだ。

「じゃあ俺は、バスルームの掃除に戻るよ」

「うん、ごめんね」

「謝るのは俺のほうだろ？」

「ううん、さっくんの気持ちはうれしかったから。無下にしちゃってごめんね」

……まったく、良い子に過ぎる。俺にはもったいない娘だと思うのは、何度目だろう。

藍良に洗濯物を任せ、バスルームに向かう途中でふと気づいた。

俺の下着は藍良に見られてるんだよな……。べつに恥ずかしいわけでもないんだが。

その後、藍良は洗濯物を無事ベランダに干した。藍良の下着だけは、人目につかないよう自分の部屋に干している。

「さっくんの下着……ふふ。えへへ」

洗濯物を干し終えた藍良が、なぜか照れ笑いを浮かべていた。

「藍良……まさか、いつも俺の下着をクンクンしてるんじゃ……」

「す、するわけないでしょ！　ただ、さっくんってこういう下着使ってるんだなって思って、トランクスの構造を勉強してるだけだもの」

「なんでそんなの勉強するんだよ……」

「だ、だって、構造がわからないと上手にアイロンかけられないんだもの」

藍良は俺の下着にまでアイロンをかけてたのか……？

言われてみると、俺は新品のような下着の肌触りを不思議に思っていた。そしてその穿き心地の良さは、夜の安眠に一役買っていた。

これも、俺の恐怖症を知っているがゆえの、藍良の厚意なのだろうか。

「……え、えっと、ありがとう」

「……う、ううん、どういたしまして」

なんだか恥ずかしく、ちょっと気まずくなりながら、俺たちは残りの家事に取りかかった。

家事を終え、昼飯も食べたあと、俺は仕事着に着替えて家を出る。

これから沢高で、保護者懇談会がある。

一年に何回か開かれるのだが、第一回のこの会では、春の恒例であるクラス担任と保護者の初顔合わせが行われる。

おたがいの自己紹介に始まり、ほかにも担任から今年度の教務や生活指導、主な行事についての説明が行われ、その後は質疑応答の場も設けられる。

担任として出席する俺は、この場で保護者からの信頼を得ることが必須になる。

もしそれができなかったら、今後はクラスの生徒だけではなく、保護者をまとめることにも苦労するのが確定してしまう。

たとえば質疑応答の些細な行き違いから、懇談会が糾弾会となってしまい、保護者の攻撃を受けまくった担任が翌日から勤務できなくなる例もあったりする。

まあ今回に限って言えば、まだ年度始めだし、保護者からの発言はほとんどないのが普通だ。保護者は我が子が入学した学校に、まだ慣れていないのだから。

学校への要望や相談事は、もう少し先の話になる。だから今日は、至って平穏に終わってくれるだろう。

俺はそう、高をくくっていたのだが。

「沢高は依然としてスクールバスを運行しておりません。これでは、通学中に生徒が勉強することができません。早急に配備する必要があるのは明らかだと思うのですが？」

この発言をした保護者には、在校生の子どもがふたりいる。ひとりは新入生で、もうひとりは三年生。そのぶん、保護者会に慣れていたようだ。

スクールバス運行についての質問はこれまでにも経験があるため、俺はいつものように当たり障りのない応対をする。

本音を言えば、俺もさっさとスクールバスを運行して欲しい。学校も県教育委員会に要請しているのだが、予算や人手不足を理由にまだ認可が下りていない。

俺はそのあたりも事細かに説明するのだが、相手はなかなか引き下がらない。俺が立場上強く反論できないのをいいことに、相手はますますつけ上がる。

度を越してしつこくなると、保護者たちに白けムードが漂っていく。だが本人は気づいていない。ある意味、この時間が楽しくて仕方ないのだろう。体のいいストレス発散だ。

これがいわゆるモンスターペアレント。

学校という機関はいくら責めても反撃を受けない、至極安全な攻撃対象と見なされることがあるため、こういう保護者は一定数存在する。

多くの保護者は話せばわかる人たちなのだが、世の中には話してもわからない者もいる。心得てはいるのだが、だからといってうまく対処できるとは限らない。

教職員とは「教えること」のプロであって「話を聞くこと」のプロではない。患者を癒やすカウンセラーではないのだから。

「見取先生、あなたのような未熟な若造になにがわかるんですか！」

ついに保護者は声を荒げ、激昂する。

「子どもを育てた経験もないくせに。そんな先生が、生徒に対してろくな教育ができるとは思えません！」

独身の教師が保護者と揉めたときに出る言葉、トップ1が来た。

まあ、俺だって反論しようがない。今の俺は藍良の親代わりではあるが、その事実は伏せている。子どもを育てた経験がないと突きつけられても、言い返す言葉を持たない。

……まったく、どうしたもんかな。

俺があまりぐずぐずしていると、後ろに控えている主任の鶴来先生が出張ってくるだろう。

この人は薄くなってきた額をペチペチすることをのぞけば、理想の上司としか言いようがないので、この面倒な場だって鮮やかに収めるに違いない。

副担任の和歌月先生もまた、あわあわおどおどはせず、静かに俺の隣に立っている。

ここぞというときに頼りになる彼女。変に慌てることはしない。そんなことをしたら、俺をますます不安にさせると考えているからだ。

……ふたりに泣きつきたくはない。それをしたら、俺は悔やむことになる。

俺はいつになったら、ドングリから脱却できるのかと。

そんなふうに意気込んでいたときだった。

「はいはい～、ちょっといいですか～！」

ほかの保護者から横やりが入った。

驚いた。こういったややこしい場で、ほかの保護者が発言するのはとてもめずらしい。

下手に首を突っ込むと、矛先が自分にも向くからだ。誰だってよけいな面倒事には関わりたくないものだ。

しかも、その声には聞き覚えがあった。

手を挙げ、椅子から颯爽と立ち上がっている彼女の姿を見た途端、俺は目を見張った。

……自己紹介のときにも、同じように目を見張ってるんだけどさ。

なあ祭里。なんでおまえが、ここにいる？

「スクールバス、あると便利ですよね～。便利だからこそ、配備するのも大変なんだと思います～。私、旅行会社に勤めてるからわかるんです～。運転手の確保って難しいんですよ～、宅配業者やタクシー業者と取り合いになってますし～。だから先生だけを責めてもなにも変わらないと思いますよ～。でもあなたの気持ちもすごいわかります～、子どものためを思っての言葉なんですから～。私たち保護者仲間も応援してますよ～、エイエイオーって！」

緊張感のカケラもない祭里は、その憎めない愛嬌からか、剣呑としたこの空気を瞬く間に洗い流した。くすくすと笑い声まで聞こえる始末だ。

モンスターペアレントの保護者もまた、毒気を抜かれたように席に座り直した。発言を取り下げ、ため息をつきながら俺に進行を促した。

「見取先生～。時間も押してるし、ちゃっちゃと終わらせちゃってくださいね～」

……そうだな、俺もそろそろこの会をお開きにしたいところだ。

おまえがここにいる理由を、一刻も早く問いただしたいからな。

「見取先生。お疲れさまでした」

「一時はどうなることかと思いましたが、それも含めてお疲れさまですネェ」

保護者会を終えて職員室に戻ると、和歌月先生と鶴来先生に労られた。

「すみません……ご心配をおかけしまして」

「あ、謝らないでくださいっ、先生は立派に場を収めたじゃありませんか！」

「いえ、僕はなにもできませんでした。運がよかっただけです」

祭里がいなければ、俺はあの保護者を説得することができなかったかもしれない。

「運も実力のうちとは言いますが、運である限り同じことはそうそうないでしょうネェ」

鶴来先生はそう言うと、ペチッと額をたたく。

「見取先生、お耳汚しにお付き合いください。学校に対して極端に攻撃的になる保護者は、日頃のストレスのために情緒不安定である場合が多いのです。学校に文句があるのではなく、学校くらいにしか文句を言えない心理状態にあるのです。見取先生、あなたはスクールバスを運行できない理由を理屈だけで説明していましたが、もう少し相手に寄り添ってもよかったと思いますヨォ。助け船を出してくれたあの保護者のようにネェ」

「で、ですが、鶴来先生。私たち教員は、カウンセラーではありませんし……」

俺が返答に迷っていると、和歌月先生があわあわおどおどしながら言った。

「だからといって、クレームに対応するスキルが必要にならないことにはなりませんヨォ。特に見取先生は、物事に対してドライに判断するきらいがあります。それが一様に悪いとは言いません。現に見取先生は、自分の感情だけに任せて保護者と争ってしまうような愚は犯しませんでした。ですがそれも、場合によっては足枷となるのです」

鶴来先生は改めて俺の目を見て、言葉を継ぐ。

「私は、カウンセラーのように相手を癒やせと言っているのではありません。保護者というのは生徒と違い、大人です。今回のようにいくら子どものような言いがかりをつけてきても、保護者は法律的にも大人です。法的責任があるということです。見取先生、あなたは法学部卒なのでしょう？　でしたら、私の言う意味がわかりますよね？」

……そうか。俺はようやく、鶴来先生の言いたいことを理解した。

かわすことばかりを考えるな。

生徒に向き合うのと同様、保護者にも正面から向かい合え。

保護者に寄り添うとは、従うことを意味するわけじゃない。その結果として争うことになったとしても、鶴来先生を始めとする仲間たちが、法的措置も含めて助けになる。

だから怖がらず、まっすぐに突き進め。

ひとりではなくみんなで。仲間の助けを借りて。

『早く行きたければ一人で進め、遠くまで行きたければ皆で進め』

このアフリカのことわざは、俺が泉水に教えたものだってのにな……。

「クレームにはひとりで対応してはいけません。見取先生、あなたがやるべきは、私や和歌月先生に真っ先に頼ることだったのです。教育委員会が持つ、専門家集団による学校問題対策チームだって後ろ盾にあるのですよ。頼ったことであなたが悔やむことはありません。たとえそれがあなたの力不足のせいであったとしても、成長するための礎のひとつになるのです」

「わ、私も、見取先生に頼って欲しかったです！　先生が言ってくだされば、私は保護者とも戦います……！　気弱な私なんかじゃ、役に立たないかもしれませんけど……！」

そんなことはなかった。

和歌月先生が隣に立っているだけで、俺はモンスターペアレントと相対することができた。

俺の対応が間違っていたとしても、一歩も引くことはなかった。

俺は、あうあうする和歌月先生とペチペチする鶴来先生に頭を下げ、職員室を出た。


「さっくーん」

退勤すると、保護者会で見かけていた祭里が、校門のところで手を振っていた。

「……近いうちに会えるって電話で言ってたのは、こういうことだったんだな」

「あはは～、成り行きっていうか」

「今日は、泉水の保護者代理として参加したんだよな？」

「そだよ。パパとママの都合がつかなくて、私が代わりに来てあげたんだ～」

俺たちはどちらからともなく歩を進め、肩を並べて学校をあとにする。

俺は祭里の歩調に合わせている。意識するまでもなかったのが、複雑な気分だ。

「……祭里。助けてくれてありがとうな」

「あのおっかない保護者とのこと？　私は思ったことを言っただけだよ。でもさっくんの助けになったのなら、よかったな～。お礼してくれるなら、私と一緒に旅行いこ？」

「いかない」

「ツンデレなんだから～」

俺は憮然としながら、祭里が手にしている荷物を奪うように持った。

「あ……昔と同じことしてくれるんだ」

荷物は、大きな紙袋だ。なにが入っているのか知らないが、そこそこ重い。

「さっくん……ありがと」

俺は答えず、歩き出す。

「ツンデレなんだから……」

祭里はどこか優しげにつぶやいて、俺の隣に再び並んだ。

駅に向かって歩いていく。祭里はもう帰るだろうし、俺も駅まで付き合うことにした。

恋仲だった頃と違って手をつながない分、並んでいても祭里との距離は離れている。

だが、もしかしたら友人との距離よりは近いかもしれない。

「さっくんは知ってるよね。妹の流梨が、私と違って都内じゃなくて千葉県に住んでること」

俺は、ためらいがちにうなずいた。

書類では、泉水は千葉県成田市で母親とふたり暮らしをしていることになっている。

ずっと疑問に思っていた、父親はどうしているのかと。なぜ泉水姉妹は、離れて暮らすことになったのかと。

俺からは尋ねづらいデリケートな事情だから、祭里が自分の口で教えてくれるのを待っていた。だが、それは当分先の話だろうとも思っていた。

祭里は大学時代から、自分のことをめったに話さない。いつだって、世話を焼きたい相手の話ばかりしたがっていた。

俺とつき合ってからは、俺の話ばかりを聞いてくれた。

そうやって、俺を支えてくれていたんだ。

「べつにね、パパとママは離婚を前提にした別居ってわけじゃないんだ。むしろラブラブなんだよ。さっくんは変に気を遣わなくていいからね〜」

……見透かされている。本当、今も昔も祭里には敵わない。

話によれば、祭里は現在、都内の実家で祖父と祖母との三人暮らしをしているそうだ。

父は船乗りで、海の上での生活が大半なため、実家になかなか戻ってこない。そんな折、母の職場が千葉県に変わったことで、流梨と共に実家を出ることになったとのこと。

なぜ祭里は、このタイミングで自分の家族について俺に話したのだろう？

保護者会に参加したことがキッカケ？　たぶん、それだけじゃない。

「流梨が単身赴任するつもりだったママについていったのは……まあ、私から離れたかったのかも。あはは」

祭里は笑っている。

その奥に潜む感情は、相手が見せるサインに敏感な教師の俺でも推し量ることができない。

小野川沿いに出た。利根川の支川であり、俺と藍良の家の近くにも流れている。

春風に揺れる川面が、かたむいてきた陽光を綺麗に反射している。

「今日、私がこの町に来たのは保護者会に出席するためだけど。もうひとつ、目的があったんだ。一度、藍良さんに会ってみたくてね」

藍良に……？

「さっくんに持ってもらってる紙袋、そのためのお土産なんだよ～」

祭里は三月に伊豆、この四月にも富士吉田の温泉旅行を楽しんでいた。きっとそこで買ってきた土産だろう。

「ていうか、なんで藍良に会いたいんだ？」

「さっくんの娘さんなんだから、やっぱり気になっちゃうじゃん」

「なんで気にする必要があるんだ」

「さっくんのことだったら、なんでも気になるに決まってるじゃん～」

……どういう意味なんだか。深く考えるとドツボにはまりそうだからやめておこう。

「とりあえず、祭里。おまえが自分の家族のこと話したのって、交換条件として俺の家族のことも教えて欲しかったからだよな？」

「大正解～」

あっけらかんとした祭里の態度に、ため息が出る。

「だから行き先は駅じゃなくて、さっくんのおうちでお願いね。エスコートして？」

俺は降参とばかりに諸手を上げた。

「いいけど、藍良に会っても変なこと言うなよ。過去に俺とつき合ってたとかさ」

「なんで隠さないとなんだろ？」

藍良が俺の嫁になりたがっているから、なんて口が裂けても言えない。

「さっくんにとって……私とつき合ってたのは、黒歴史ってこと？」

「それだけは絶対にない」

「あ、あはは。唐突にデレるんだから～」

くっ、言葉が自然に出てしまった。恥ずかしいったらない。

ちなみに祭里の顔も赤い。

「……とにかくだ。祭里、俺たちの関係は藍良に言うんじゃないぞ」

「ふうん？　藍良さん、嫉妬しちゃったり？」

相談事によく乗ってくれる祭里は、藍良が俺に好意を持っていることにも気づいている。だが、嫁宣言まではさすがに想像がつかないだろう。

「乗り越えた壁は、いつか自分を守る盾となる」

祭里が不意に言った。

「……なんだそれは」

「私が好きなプロ野球選手が、座右の銘にしてる言葉だよ」

藍良の嫉妬が、乗り越えるべき壁だとでも言いたいのか？

「解釈は任せるよ～」

「……もうなんでもいいけど、俺たちの関係は絶対に言うんじゃないぞ」

「しつこいんだから。乗り越えた壁の分だけ人は成長するんだよ？」

「よけいなことしたらすぐにおまえを帰らせるからな」

「私の座右の銘は『なんとかなるなる、ならないでかー！』なんだよ～」

よし、祭里が妙なことを口走らないよう、俺がしっかり目を光らせておくとしよう。

「さっくん、お帰りなさ……え？」

帰宅した俺を出迎えてくれた藍良が、隣に立つ祭里を見て目を丸くした。

俺はただいまと返したあと、当たり障りなく祭里を紹介する。

「彼女は泉水祭里。保護者会でちょうど一緒になってな。泉水流梨のお姉さんだよ」

「そう……なんだ。流梨さんにお姉さんがいることは聞いてたけど……」

「祭里は、俺の大学時代のサークル仲間でもあるんだ。それでな、祭里が藍良にどうしても会いたいって言うもんで、連れてきた」

「はじめまして、藍良さん。泉水祭里です。流梨がお世話になっています」

前に出た祭里が、ぺこりとお辞儀する。

「流梨は一度、あなたを傷つけたと思います。姉として謝罪します。申し訳ございません」

「……あ、い、いえ」

藍良は戸惑いながらも、居住まいを正した。

「私は気にしていません。感謝しているくらいです。流梨さんは友だちになってくれたんです。だからお姉さんが謝ることはありません」

「ありがとう。藍良さんは優しいんだね」

「そ、そんなことないです。さっく……見取先生のご友人なんですよね？　立ち話もなんですから、どうぞ上がってください」

「私はふたりの関係を知ってるから、さっくんって呼んで大丈夫だよ～」

藍良はソツのない笑みを浮かべ、祭里をリビングに通す。

俺たちがソファに座ると、藍良がお茶を出してくれる。祭里の土産がちょうどいいお茶請けになってくれた。その土産を受け取った際も、藍良は優等生な礼を言っていた。

さすが藍良、突然の来客にも申し分ない対応をしている。これなら下手なことにはならないだろう。

あとは適当に世間話をして、タイミングを見て祭里を駅まで送るとしよう。

「あの、祭里さん。大学時代のさっくんって、どんな感じだったんですか？」

藍良が興味津々で尋ねた。

「大学時代のさっくんは、私の彼氏って感じだったよ」

俺は飲んでいたお茶を吹き出した。

「か、彼氏……？」

「うん。さっくんは私の彼氏で、私はさっくんの彼女だからね〜、相思相愛の関係だよ」

つい気を抜いていたら、最悪な事態になってしまった。

「祭里はもう彼女じゃねえだろ！　元カノだろうが！」

「そうだね。大学時代の私たちは恋仲だったし、恋人としてやることは全部やったけど、今はもう別れてるから元カノだったね〜」

「こ、恋人として……やること全部……？」

藍良は、ギギギ、と壊れた自動人形みたいに不自然に首を回して俺を見た。

「……さっくん。ほんと？」

めっちゃ無表情。瞳のハイライトが消えている。絶対零度、永久凍土のような顔だった。

……祭里が元カノだと知られたら、不機嫌になるだろうなとは思っていたが、なんか想像以上にヤバそうだぞ。

背筋が凍る思いだが、元カノ本人が目の前にいるのだから、その場しのぎのウソをついても事態を悪化させるだけだ。

鶴来先生も言っていた。かわすことばかり考えず、ちゃんと向き合えと。こういう場面にも当てはまるのかは知らないが。

とにかくここは変に誤魔化さず、誠心誠意を込めて正直に説明しよう。それしかない。

「さっくん。祭里さんは、本当に元カノなんだ？」

「え、えっと……藍良。本当……と言えなくもない事情はたしかにある」

「さっくんの元カノで間違いないんだ？」

「元カノという言葉には多分に解釈の余地が含まれるために短絡的な証明は難しいからして、俺としては軽々しく断定できず遺憾の意というか記憶にございませんというか……」

「あはは～。さっくん、つき合ってたときと同じでヘタレなんだから」

祭里！　元凶はテメーだろうが！　あとで覚えておけよ！

「さっくんは今、内心で激昂してる。自慢の打棒を見せつけようとしてる。いいよ……来て。

ドーム球場の天井すら突き破るその弾道は、私の膜もとっくに破ってるんだもの……」

野球ファンを敵に回すような生々しい比喩はやめていただきたい。

「……今の、どういう意味？」

野球ファンではない藍良は小首をかしげている。

「お子さまの藍良さんにはまだ早かったかな～」

「……ふうん。そうですか」

祭里の挑発には乗らず、藍良は気を落ち着けるように胸に手を当てた。

「さっくんは……大人だものね。過去につき合ってた人がいるのだって、普通よね」

藍良は微笑んだ。

瞳にも光が戻った。能面みたいな表情が終わってくれた。

……そうだよな。本来、藍良が怒る理由はないもんな。

藍良も自分で言っていた。俺の恋は自由だと。藍良以外の誰かと結ばれることだって、藍良は許容しているのだ。

そもそも、藍良の将来の夢が俺の嫁になることなのだとしても、あくまでそれは今の時点での話だ。進路と同様、これからいくらでも変わる。思春期の子なら特に。

十五歳というのは、それだけ発展途上なのだ。

「さっくん、ひとつだけ聞かせて。聞いたら悪いかもしれないけど……祭里さんとは、どうして別れたの？」

「……さあな。俺が一方的にフラれたからな」

藍良は信じられないというような顔をする。

「さっくんが……フラれたんだ」

「意外？　藍良さんは、さっくんじゃなくて私がフラれるべきだと思ったんだ？」

祭里が再び挑発的に尋ねると、藍良はバツが悪そうに口をつぐむ。

「藍良さん、思ったことを言っていいんだよ。そのほうが私は嬉しいな。だいたいお子さまの言葉なんかで、大人のお姉さんであるこの私は、これっぽっちも傷つかないんだよ～」

藍良はさすがにカチンと来たのか、祭里の挑発に乗って口にした。

「さっくんをフるなんて……祭里さん、見る目がないんですね」

「そうかな？　私は見る目があったから、フッたのにな～」

「……どういう意味ですか？」

「お子さまにはちょっとわからないかな～」

「む……」

……祭里はなんで、藍良をいちいち挑発するんだよ。

「祭里さん。私はもう、大人です。いくらあなたより年下だからって、子ども扱いばかりしないでください」

「じゃあさ、藍良さん。子どもから大人になる境目って、なんだと思う？」

「え……？」

「自分が大人になったと感じるのは、どんなときか。藍良さんは、どう思う？」

藍良は答えられないでいる。

俺だって答えられない。成人式には出席したが、それによって初めて大人になったと感じたわけじゃない。

成人年齢は近々、二十歳から十八歳に引き下げられる。そんなふうに法的に改められたからといって、新成人がこれまでよりも早く大人になるとは言い難い。

「藍良さん。私、パパから聞いたんだ」

祭里の語り口は、挑発的だった先ほどまでとは打って変わり、優しかった。

「自分が大人になるときっていうのは、子どもに戻りたいと初めて思ったときなんだって」

……どういうことだろう。

藍良も、そして俺も無言で続きを促した。

「パパは子どもに戻りたいと思ったことで、今の自分が子どもの頃の夢を諦めてると実感したんだって。つまらない大人になってしまったと後悔したんだって。だから初心に帰って、船乗りになるっていう夢を追いかけることにしたんだって。パパにとって、それは冒険だったんだと思う。そのせいでママに苦労をかけちゃったから、それがいいことなのか悪いことなのか、私にはわからないけど。流梨は、そんなパパのこと嫌いだしね。でも私は逆に、そんなパパが好きだった。だから大学で、探検部に所属したんだ。ほら、探検と冒険って似てるじゃん？　冒険したくなったパパの気持ち……ちょっとでも知りたいなって思ったんだ」

祭里の瞳が細まっていく。感傷にふけっているのがわかる。

「探検部にはさっくんも所属しててね、アウトドア活動がメインだったんだ。私はもともと旅行好きだったから、性に合ってたんだけど、テント泊だけは苦手だったな～。よく虫に刺されちゃうんだよね。虫除けしてもぜんぜん効かないし。私のフェロモンに、さっくんだけじゃなくて虫もメロメロだったのかな？　あはは」

俺の脳裏にも、懐かしい情景が描かれていく。

俺は大学に入学したばかりの頃、どのサークルに所属するか迷っていた。

候補は山岳部と探検部だった。

山岳部はその名の通り、山に登ってキャンプをすることを主な活動としていた。

だが山岳部は、聞くところによると体育会系だった。上下関係が厳しく、そういった部活に入ったことのない俺は、どう考えても性に合わなかった。

一方、探検部はゆるかった。というか、やるべきことが決まっていなかった。そもそも探検という言葉からして、あやふやだ。

この部はいったい、なにを探検するのか？

過去は洞窟探検、火山の火口調査なんかをしていたらしい。だがそれらはどれも危険であり、時代に合わないとのことで、現在はもっぱらアウトドア活動をしている。探検部とは名ばかりで、実情は野外活動を楽しむサークルと化していたのだ。

部員が集ってグループキャンプをしたり、各地のキャンプフェスに参加したり。

キャンプフェスとは、キャンプと音楽ライブが一体となった野外イベントのこと。ギアを貸し出してくれるので、手ぶらでも楽しめるという初心者向けのキャンプと言われる。

ほかにも、部員それぞれで気ままにソロキャンプをすることも許されていた。

その自由さに惹かれ、俺は探検部に所属した。すでにソロキャンプが唯一の趣味になっていた俺には、ぴったりだと感じた。

人間関係なんかで水が合わない場合もあるし、そのときは諦めるつもりだったのだが、俺はその探検部で祭里と出会い、そしてつき合うことになった。

俺は祭里と一緒に卒業まで所属し、晴れてOBとなったのだ。

ほかのサークル仲間たちは、今頃どうしているんだろうな……。社会人になってからは、ほとんど連絡を取っていない。

「私は、パパの気持ちを知りたいって言ったけど。知りたいだけで、べつにパパみたいになりたかったわけじゃないんだ」

祭里がまた、口火を切る。

「船乗りって冒険家みたいに過酷みたいだし。私は温泉にゆっくり入ったり、温泉街でまったり食べ歩きするほうが好きだしね。なのに私がパパを好きなのは、自分じゃできないことができるっていう、憧れなのかもしれない。危険な冒険を、安全な旅行以上に楽しめる、童心に帰ったような無邪気さ……。だけど、そのせいでさっくんは……」

祭里の言葉尻が徐々に小さくなっていき、最後には聞き取れなくなった。藍良の耳にも届いていないだろう。

だが俺には、汲み取れた。

……バカ、祭里。あの事故は、俺ひとりの過失でしかない。恋人だったからって、おまえが気にすることはないんだよ。

「藍良さん……ごめん。私ばかり話しちゃって」

「……いいえ。祭里さんのお話、もっと聞きたいです。私が知らなかった大学時代のさっくんのこと、なんでも聞きたいって思います」

「それって家族として？」

「私として聞きたいんです」

「あはは。藍良さん、芯がしっかりしてるなあ。さっくん、藍良さんのお尻に敷かれてそうだね？　容易に想像ついちゃうな～」

……大きなお世話なんだよ。

その後、祭里は探検部の活動について藍良に教えていた。キャンプ好きの藍良なので、まだ経験したことのないテント泊キャンプの話に興味を示していた。

ゴールデンウィークには泊まりキャンプに繰り出すし、それも影響したのかもしれない。

ちなみに、温泉が近くにあるキャンプ場も多いため、祭里の話はいつしか温泉談義に変わっていた。

温泉の定義は温泉法によって定められているのだが、泉質には色や香りや肌触りといった様々な特徴があり、硫黄泉やら含鉄泉やらと種類も多くてついていけないので割愛する。

長話になってしまい、気づけば外が暗くなり始めていた。

藍良はまだ話が聞きたいのか、祭里を夕飯に誘っていた。

だが祭里は遠慮して、帰宅を選んだ。俺は祭里を駅まで送ることにした。

「ね、さっくん」

駅に向かっていると、隣を歩いている祭里が、軽い調子で呼びかけてきた。

「私が、自分が大人になったと初めて感じたのは、さっくん。あなたに抱かれたときだよ」

話の内容は、まったくもって軽くなかった。

「私はあなたに抱かれたことで、子どもに戻りたいって思った。もっと早く——子どもの頃からあなたに出会えていたら、その頃の想い出だって大切な宝物になったはずだから」

祭里(まつり)は頭上を見る。

その視線の先では、夕焼けがいつしか星空に移り変わっていた。

数え切れない星々が、俺たちに光を降らせている。

「でもね、想(おも)い出(で)ならこれからもたくさん作れる。星の数だけ作ればいい。そう思い直したから、あなたと一緒(いっしょ)に星の数だけ旅行にいきたくなった。旅行好きだった私は、あなたと出会ったことでますます旅が好きになった。ひとりよりもふたりで旅行にいきたくなった……」

だけど、と祭里(まつり)は寂(さび)しそうに言葉を続ける。

「あの事故から……さっくんとは、想(おも)い出(で)を作ることができなくなった。私がいくら誘(さそ)っても、さっくんは旅行につき合ってくれなくなった」

だから俺をフった、とでも祭里(まつり)は言うつもりだろうか。

「旅行だけじゃない。キャンプにも誘(さそ)ってくれなくなった。さっくんとキャンプご飯の味付けでケンカすることもなくなった。私がなにを言ってもさっくんは上の空……さっくんはもう、私を見てくれないんだって思った。だから私は、あなたと別れることに決めたんだ」

……それが、俺をフった理由なのか。

驚(おどろ)くことじゃない。その頃(ころ)の俺は、事故による恐怖症(きょうふしょう)と戦うことだけで頭がいっぱいだった。

自分のことしか見ていなかったのだから、祭里(まつり)にフられるのも当然だ。

なのに、祭里は。

「ごめんね」

俺にそう、謝った。

「私は自分を、世話焼きだと思ってたのに……ぜんぜんだった。私こそ、なにも見えてなかったんだ……。だから、ごめんね」

「……バカ」

口の中が乾いていくのを自覚する。

「謝るなよ……バカ」

「あはは。バカって言うほうがバカなんだよ～」

小野川沿いに出た。

昼は陽光を照り返していた川面が、今は星明かりを揺らめかせている。

流れる光が、涙のように俺には見えた。

「祭里は……俺の事故のこと、知ってたんだな」

「うん」

大学時代の海外キャンプで土石流に遭い、恐怖症を患ったことは俺の両親、妹の彩葉、そして藍良にしか知られていないはずだった。

怪我もしていたので、それだけは隠しようがなかったが、重傷ではなかった。だから祭里を始めとするサークル仲間に、事実を誤魔化すことは容易かったのだ。

「さっくん。もし私が、ほかの仲間と同じようにさっくんの苦しみに気づけなかったら、元カノを名乗る資格すらない。今はもう、連絡も取り合ってなかったかもね」

……だとしたら、悪いのはやっぱり俺だ。

祭里にちゃんと話すべきだった。変に誤魔化したせいで、祭里をよけいに悩ませた。

俺が事故のことを話さないのは、恋人を信じていないからなのだと、祭里に思わせてしまったかもしれないのだ。

大学卒業後、俺は成田のアパートを契約した。祭里とふたりで暮らすために。

だが祭里はそのタイミングで、俺に別れを切り出したのだ。

「私は、さっくんと向き合えなかった。傷つくのが怖かったから。大切な相手であればあるほど目を背けてしまうんだよね……。宝物をいざ目の前にすると、まぶしくて直視できないように。その人を幸せにできる自信と勇気を、持てないせいで……」

祭里は別れを切り出したときに、本当は俺に引き留めて欲しかったのかもしれない。

アパートの契約直後なのにどういう了見なんだと、そんな建前を使ってでもいいから、俺に怒って欲しかったのかもしれない。

だけど、その頃の俺が口にしていたのは、角が立たない空っぽな言葉ばかりで。

すべてを諦め、冷めた気持ちで、祭里との別れを受け入れてしまった。

祭里と向き合うことを、自ら拒絶してしまったのだ。

「でも……今のさっくんには、藍良さんがいる。私ができなかったことを、彼女がやってくれる。まっすぐに……傷つくことも恐れずに。これが若さってやつなのかな？」

あーあ、と祭里は嘆息した。

そこにはヤキモチのような感情も見て取れた。

「さっくん、ここまで来て隠さないでね。さっくんって暗いところが苦手だよね？　私と旅行いかないのは、泊まりだとそのことがバレるのも理由のひとつなんだよね？」

「……そうだよ」

「さっくん、今は大丈夫なの？　夜だから暗いけど」

「星明かりがあるからな。暗所恐怖症って言っても、いろいろあるんだ」

俺は以前、藍良と星見キャンプをしたこともある。

小さくとも光があることさえわかれば、俺は正常でいられる。もちろん明かりは多いに越したことがないのだが。

「その恐怖症……もし私と同棲してたら、そのときにバレてたんじゃない？」

「だろうな。俺は結局、おまえにはバレてもいいと思ってたんだろうな」

「……だったらやっぱり、バカなのは私だったなあ」

祭里はもう一度、嘆息した。大きく、深く。

「悪かったな、祭里。今まで言えなくて」

「ううん……。さっくんが話さなかったのは、私にそれだけの力がなかったから。頼りなかったせいだもん」

そうじゃない。

その頃の俺はたしかに、自分しか見えていなかった。だけどな、祭里。おまえまで巻き込みたくないって、そんな思いも間違いなくあったんだ。

おまえのことが好きだったからこそ。

おまえまで、俺のように苦しんで欲しくなかったんだよ。

「私を巻き込みたくなかったって考えてるなら、やっぱりそれは、私の力不足かな」

「…………」

「さっくんが私に悩みを打ち明けられなかったのは、私も同じように、さっくんに悩みを打ち明けていなかったせいだと思うから……」

自分のことを話したがらず、そのぶん誰かの世話を焼きたがる祭里は、そういう性格なんだと思っていた。

弱きを助け強きをくじく、俺が尊敬する祖父に似ているのだと。

「私たちはどっちも弱みを見せたがらない。似たもの同士だったんだよね。そういうのって友だちとしてはいいだろうけど、恋人としてはダメなのかもね……」

祭里はまた星空を見上げた。

その瞳に星が見えるのは、涙ぐんでいるからだろうか。

「だからね、さっくんが私に抱いていた想い……たぶんそれって、仲間意識じゃないかな。類は友を呼ぶって言うもんね。だからさっくんは……私には、恋をしてなかったんだよ」

「……違う」

「違わないよ」

祭里は、濡れた瞳で俺を見る。

「それとも、モトサヤに戻りたいの？　私に未練たらたらなんだ？　かわいいんだから」

「……ねえよ」

「ほらね。やっぱりさっくんは、私に恋してなかったんだよ」

くそ……おまえがそんなふうに茶化してばかりいるから、俺も突っぱねることになるんだろうが。俺がツンデレだと言うのなら、間違いなくおまえのせいだ。

「……だったらさ、祭里。おまえも俺に恋してなかったってことなのか？　仲間意識があったから、つき合ってただけなのか？」

「私は、あなたに恋をしてたよ。この気持ちが恋じゃなかったら、私は一生、恋がどういうものなのか理解できないんじゃないかな」

「………」

気まずくなり、しばらく無言で歩を進めた。

小野川の船着き場が見えてきた。観光客に人気の舟めぐりだが、この時間は運航していない。

「……祭里の父親って、船乗りなんだよな」

無理やり話題を振った。

場をつなぐ意味と、もうひとつの意味もある。

「船乗りってさ、どんな仕事するんだ？　マグロを獲ったり？」

「マグロ漁船じゃないってば。貿易会社の船に乗ってるんだよ。だいたい三ヶ月に一度帰ってくるんだけど、ママと一緒に港まで迎えにいってるんだ。お土産が楽しみでね～」

祭里や母親にとっては、父親との再会が一番の土産なのだろう。

「流梨は、一度も出迎えに来てないけどね。家に帰って来なくてママを寂しがらせるパパのこと、嫌いだから。そんなパパの味方をする私のことも、嫌いなんだろうね」

……そうだろうか。

中二病の気がある泉水は、以前にこう言っていた。

『先生、私も遠くまで行きたいと思っています。私という一が知覚するこの全なる世界、そこに隠された虚数という名の深淵をのぞきたいんです』

秘宝を求める冒険家のような言葉。

だから泉水は、父親を嫌っているのだとしても、その影響は少なからず受けているんじゃないだろうか。

「そんな流梨のこと、私は姉として支えるべきだけど……でも私は私で、さっくんのことばかり見てたから。妹をほったらかしにしてたんだ。時間を戻せるなら戻したいし、強くてニューゲームとかしてみたいけど、それができないのが私たちが生きる世界なんだよね」

小野川の船着き場を過ぎたところで、道を曲がって駅方面に向かう。

時間帯のためか人通りはなく、この町が、俺たちふたりだけの世界になったかのような錯覚に襲われる。

「パパから聞いたんだけど、船っていうのはただ海上を進むだけじゃなくて、時間も追いかけてるんだって。パパの船では一日ごとに時計が一時間調整されるって言ってたよ。東に進めば普通よりも一時間進んで、西に進めば一時間戻ることになるんだって」

一日が二十三時間になったり、二十五時間になったりと、それが航海というものなのだという。時間を操作できない俺たちだが、船の上なら可能らしい。

それはある種のタイムトラベル。まさしく冒険だ。

だから俺は、気になっていた。これが、祭里に父親の話題を振ったもうひとつの理由。

「祭里は、泉水天晴っていう名前に聞き覚えがないか？」

「……あれ？　それってパパの名前だよ。さっくん、よく知ってたね？　ううん、知ってるのは当たり前か〜、流梨の先生やってるんだから」

提出書類における保護者の記入欄は、基本的に親のどちらかで済む。だから俺は、本当は母親のほうの名前しか知らなかった。

泉水天晴は、冒険家である祖父のファンだった。出版物に掲載されるくらいなのだから、彼に聞けば、祖父の冒険をより詳しく知ることができるかもしれない。

俺が知らない情報――藍良のルーツにつながるヒントをもらえるかもしれない。

「さっくん、パパのことが気になるの？」

「……まあな。おまえの話を聞いて、いろいろ興味が湧いたよ」

祭里の父親を訪ねるのは、出版社やスポンサー同様、藍良が成人してからでも遅くない。だからこの場で祭里に頼んで、すぐに会いにいきたいわけじゃない。

「さっくん、パパのこともっと知りたいんだ？　だったら教えてあげる、パパってネッカチーフを集めるのが趣味なんだよ」

「ネッカチーフ？」

「首に巻くオシャレな布のこと。シャツの襟が汚れなくなるし、あったかいから防寒具としても便利なんだ。歳を取ると気になる首筋のシワも隠せるから、パパは愛用してるんだって。今はもう何十枚も持ってるみたいで、その一枚一枚に物語が詰まってるって言ってたよ」

洒落た水兵を思い浮かべる。波止場でパイプでも吹かしていそうだ。

「ネクタイが嫌いな人には、特にオススメなんだよ。さっくん、仕事でネクタイしてないんだよね？　代わりにネッカチーフを使ってみたら？」

……明日ちょうど藍良と一緒に買い物に出かける予定だし、いちおう探してみようかな。

駅に着いた。祭里が改札の向こうに行ってしまう前に、俺は言った。

「祭里は俺の祖父のこと、知ってるよな」

「塩振りオジイサンだよね？」

庭キャンプのバーベキューで気取った塩振りをしていたことを、祭里にはよく話していた。

「ああ。冒険家だったことも教えたよな」

「うん。だからさっくんはキャンプが好きになったんだよね。亡くなる前に……会ってみたかったな」

「そのじいちゃんが言ってたんだ。俺にかけた言葉だけど、祭里。おまえにも役立つかもしれない」

首をかしげる祭里を前に、俺は伝える。

「汝の足下を掘れ、そこに泉あり」

「……うーん？」

かしげる首の角度が大きくなった。

「よくわかんないけど……もしかして、私の苗字の泉水とかけてる？」

「自分で考えてくれ。じゃあな」

俺は手を上げ、きびすを返す。

「もう……やっぱりツンデレ」

呆れたような祭里の声が、俺の背中に届いた。

「別れ際に、キスくらいしてくれたっていいじゃん。藍良さんには内緒にしてあげるのに」

……聞かなかったことにしようか。

「ばいばい、さっくん。また会おうね」

振り向くことはしなかったが、背中越しに手を軽く上げるくらいはしてやった。

帰り道を歩く俺の足は、なぜか軽くなっていた。


駅から我が家に戻ると、待っていた藍良がそんなことを言った。

「祭里さん、素敵な人ね」

「……藍良はそう思うのか？」

「うん」

祭里からはいやに挑発されていたし、むしろ嫌ってしまったかと危惧していたのだが、どうやら杞憂だったようだ。

とはいえ、ホッとしたのも束の間。

この日の夕食はゴーヤチャンプルーだった。

苦い野菜が嫌いな俺の中で、ワーストを飾る忌まわしきメニューだった。

「なんでだよ！　藍良も素敵って言ってただろ！」

「うん、素敵なゴーヤね」

「じゃなくて！　祭里のことだよ！」

「まつり？　お祭りのこと？　沢原のお祭り、楽しみね」

俺たちが住む沢原では毎年夏祭りと秋祭りが催されるが、まだまだ先の話なので、とりあえず藍良が祭里に対して思うところがあるのは明白だった。

「さっくん。素敵なゴーヤチャンプルー、残さず食べてね」

藍良が不機嫌になるとこうなるシステム、やめて欲しい。死活問題なんだけど。

もうなにを言っても通じないだろうし、俺は諦めてビールの苦みと一緒にゴーヤの苦みを呑み込むことにした。

この苦さよりも、涙のしょっぱさを感じたのは、気のせいじゃないだろう。

◎その2

翌日——日曜日。
午後からは、藍良と一緒にテント泊キャンプのための買い物に出かける予定だが、その前にもうひとつ大切な用事がある。

午前中に、過去に家事支援をしてくれていた鳴海さんが、里親支援ソーシャルワーカーとして訪ねてくる。

俺は藍良の里親候補として、家庭訪問を受けることになる。

子どもを養育できる環境かどうかを確かめ、自治体の児童福祉審議会で要件を満たしているか審議し、認められれば正式登録になる。

俺は正真正銘、藍良の親代わりになれるのだ。

その前段階である研修――座学や実習はすでに終えているので、これが最後のステップだ。

「おはよう、お兄ぃ」

そして、鳴海さんが訪れる前に、なぜか妹の彩葉がこの家に顔を出した。

「……なんでおまえが来るんだよ」

「だって今日、お兄ぃが里親になるための最終試験があるんでしょ？　だから私が、親族代表として同席してあげようと思って。妹として仕方なくね」

彩葉はふふんと胸を張っている。

里親は、親族との関係も重視されるため、今日のことは彩葉の耳にも届いていたらしい。

だが彩葉は、俺が藍良の里親になると話したとき、なにも助けないと突っぱねていたはずだ。

……ということは、邪魔しに来たとか？

「彩葉さん。おはようございます」

藍良も玄関まで出迎えにきた。

彩葉とは祖父の葬儀の際に会ったきりだろうが、ここでも藍良は祭里にやったようにソツのない客対応をする。

「どうぞ家に上がってください。すぐにお茶を出しますね」

「……あ、えっと、うん」

彩葉は毒気を抜かれたように、いそいそと靴を脱ぐ。

ほかの親族と同様、彩葉も祖父を嫌っていたので、その祖父に育てられた藍良にもいい感情は持っていないだろう。

彩葉は、藍良に先導されてリビングに向かう途中、廊下の窓のサッシに指をすべらせた。

「くっ、埃がない……！　これじゃ文句どころか褒めるしかない！」

おまえはしゅうとめかよ。やっぱり邪魔しに来てるじゃねえかよ。

「ジャー」

飼い猫のトレジャーもやって来て、彩葉の足下にまとわりついた。

「ちょっ、あっちいって！　私、猫嫌いなの！　ていうか動物全般が苦手なのよ！」

彩葉はビクビクしながら俺を盾にして隠れた。その光景が、幼い時分に重なった。

「彩葉さん、もしかして動物アレルギーですか？」

藍良が心配そうに尋ねた。

「ごめんなさい……トレくんに悪気はなかったんです。それじゃトレくん、お客さまのおもてなしはもういいから、彩葉さんから離れよっか」

トレジャーは「ジャー」と鳴いて、藍良の指示通りに彩葉から距離を置いた。

まだトレジャーを警戒している彩葉は、怯えながらリビングに入ると、ソファに座って大きくため息をついた。

藍良がお茶の用意をしている間、俺は呆れながら彩葉に言う。

「おまえ、べつに動物アレルギーなんかじゃないよな」

「……そうよ、でも嫌いなの。動物って、なに考えてるかわからないから。論理立てても答えが出ない存在って、どうしても好きになれないのよ」

「頭でっかちだな」

「お兄ぃのくせに生意気」

こんな口答えをする妹のほうが、生意気だと思う。

「彩葉さん、今日はどんなご用があったんですか？」

藍良がお茶を運びながら聞いた。

「私の用は、お兄ぃが藍良さんを虐待してないかチェックすることよ」

「ぎゃ、虐待？」

「……彩葉は親族として、俺と一緒に家庭訪問を受けるために来たんだ。だから藍良は、もう席を外していいぞ。そろそろ鳴海さんも来る頃だろうしな」

この家庭訪問は、里子を任せるに値するかどうか、里親の家庭環境を調べるためのもの。里親の資質を測るための面談なので、里子の藍良は同席できない。

「でも……鳴海さんにだって、私がお茶くらい出すべきじゃ……」

「藍良さん」

彩葉が、髪先を指でクルクル回しながら言う。この仕草は妹のクセだ。

「そういう行為はむしろ虐待だと疑われるわ。お兄ぃが子どもに無理やりやらせてるって思われても不思議じゃないもの。私としてはこの親子ごっこが終わってくれてもいいけどね」

髪先をクルクルするのは、彩葉がウソをついていることの合図でもある。

だから彩葉は、親子ごっこだなんて本心では思っていない。俺たちの関係を本気で否定しているわけじゃない。

「藍良、そういうわけだ。彩葉も鳴海さんも、俺がもてなすから安心してくれ」

「……うん。それなら、あとはさっくんに任せる。彩葉さんも、ありがとうございます」

藍良は頭を下げ、自室に戻っていった。

トレジャーもすぐにあとに続いた。トレジャーがそばについているのなら、藍良は寂しくないだろう。

「藍良さん……いい子ね。お兄ぃにはもったいないくらい」

彩葉は俺にいやらしい視線を送った。

「じゃあお兄ぃ、藍良さんの代わりに私をもてなして？　お茶だけじゃなくて、お茶請けも欲しいんだけど？」

「わかった、ぶぶ漬けを出してやる」

「ストレートにも言ってやる、おまえはもう帰れ」

「遠回しに帰れって言ってるけど！」

「私は親族代表として来てあげてるのに！」

「よけいなお世話でしかないな」

「もし私が来なかったら、代わりにお父さんとお母さんが来たんだからね！」

……なんでそうなる。

「今さら俺のことを気にするような親じゃないだろ。俺が藍良の里親になることだって、賛成はしなかったけど反対もしなかった。今日のことだって無関心に決まってる」

「お兄ぃ……いつまで経っても反抗期が終わらないのね。天才の私と違って」

天才は関係ないだろ。

「お兄ぃが里親になることに私が論理立てて反対すれば、お父さんとお母さんも同調するだろうね。だからお兄ぃがやるべきは、私のご機嫌を取ることよ。わかった？」

親は俺のことを諦めている代わりに、将来有望な彩葉に期待をかけている。そう考えると、今の言葉もあながち間違っていない。

「……わかったけどさ。おまえの機嫌を取るには、頭でも撫でてやればいいのか？」

「バッ、バッカじゃないの！」

彩葉は髪の毛を引きちぎる勢いでクルクルした。

「あのな、冗談に決まってるだろ」

「そ、それくらいわかってるし！」

俺はため息をつきながら、祭里からもらった土産をお茶請けに出してやった。彩葉は不機嫌そうにしながらも、文句を言わず食べていた。やけ食いみたいに見えた。

「彩葉。おまえさ、司法試験のほうはいいのか？　もう間近だったはずだろ」

司法試験は例年、五月の第二週から第三週にかけて実施される。今は四月下旬なので、試験日はもう目と鼻の先だ。なのにこの家に来る余裕なんかあるんだろうか。

「ちょうどいい息抜きよ。今さらジタバタするような凡人とは違うから。私はそれだけの努力をしてきた。天才とは努力し得る凡才のことであるって、アインシュタインも言ってるわ」

努力を続けられる才能を持っている者こそが天才、というのは聞いたことがある。

そして俺は、彩葉がいかなるときも努力を怠らなかったことを知っている。

高校時代の俺は、嫌なことがあると家出キャンプをしていたが、彩葉はちゃんと自宅学習を続けていたのだ。

でも彩葉って、最後にポカするところがあるんだよな……。ちょうど、いざというときに頼りになる和歌月先生とは真逆で。沢高を卒業するときも、首席じゃなくて次席だったし。

「なあ彩葉、司法試験は今年だけじゃない。大学在学中の合格ってのはひとつの勲章なんだろうけど、無理にこだわることはない。おまえはおまえで、がんばってるんだからさ？」

「なにそれ⁉ なんで私が不合格になること前提にしてんの！ 絶対ぜーったい合格してやるんだからね！ そしたらお兄ぃ、泣いて喜んでよね！ 私に土下座する勢いで‼」

土下座はさておき、合格すればちゃんと喜ぶさ。さすがに泣くことはしないけど。

いや……泣かないとも言い切れないか。

合格のおまえがうれし泣きをしても、不合格のおまえが悔し泣きをしても。

俺は、おまえのどんな気持ちも家族として共有し、心の中で涙するだろうからな。

程なくして、鳴海さんが家庭訪問に訪れた。

鳴海さんは藍良の保護者代理として学校行事に参加したこともあったので、教師の俺とは話す機会があった。

そのため、あいさつもそこそこに家の中を案内する。

平屋のこの家は、玄関からまっすぐ延びた廊下の右手にリビングダイニングとキッチン、バスルーム、仏間代わりの和室がある。

リビングダイニングはウッドデッキと接していて、縁側からだけではなく、そこからも庭の景色を望むことができる。

廊下の左手にはトイレ、客間、祖父の部屋——今は俺の部屋と並んでいて、そして突き当たりが藍良の部屋になる。

部屋は藍良が使っているところが最も広い。祖父が、いかに藍良を愛していたかがわかる。

鳴海さんは家政婦としてこの家に出入りしていたため、間取りは俺が説明するまでもない。

それでも鳴海さんを案内したのは、各部屋の環境を見てもらうためだ。

「どこも掃除や整理整頓が行き届いていて、生活しやすい環境ですね」

鳴海さんがゆったりと頬に手を当てながら、感想を述べる。

日頃から藍良と一緒に家事をがんばっていたことが、功を奏してくれたようだ。

「くっ……エクセレントって言ってあげる」

彩葉は懲りずに窓のサッシに指を走らせては、悔しがっていた。早く帰って欲しい。

俺は最後に、庭を案内する。

家の敷地の半分以上を占める広大な庭は、塀と木々に囲まれており、近くに利根川と小野川が流れている。庭キャンプだけではなく、少し歩けば釣りも楽しめるのだ。

「庭の手入れも、しっかりされているようですね」

鳴海さんが感嘆の息をつく。

「庭とは、家の環境をそのまま表します。剪定や草むしりといった作業が、大変だからこそです。見取さん、どのように手入れをしているのか教えていただけますか？」

俺はまごつくことなく応じる。

たとえば、手入れをサボったせいで伸びすぎた庭木の枝が、お隣に侵入しそうになり、ご近所トラブルに発展するのはあるあるだ。

不要な枝をただ切ればいいわけじゃない。剪定には季節が大きく関わってくる。真夏なんかは木が弱るので避けたほうがいい。切り口を保護するために、癒合剤の塗布も必要になる。剪定した枝や葉は、野焼きしてはいけない。廃棄物処理法で禁止されているからだ。枝や葉は束にして、自分で回収場所まで運ばないといけない。

こんなふうに、庭のメンテナンスには根気がいる。法的知識だって必要になる。面倒ならプロの庭師に依頼してもいいだろうが、どうしても高額になる。

これまでは、祖父がひとりでメンテナンスを続けていた。祖父が亡くなったあとは、俺が引き継ぐことになる。

庭の手入れすら面倒がる人間に、藍良を育てることなんて、できるわけがないのだから。

「ご説明ありがとうございました、見取さん」

鳴海さんは柔らかい笑顔を見せた。

ちなみに彩葉はぶすっとしながら、いつものように髪先をクルクルしていた。

家庭環境の確認のあと、鳴海さんの本格的な面談が始まった。

「私が見る限り、藍良さんを養育するための環境は、申し分ないと思います。ですが、見取さん。あなたが無理をしている場合は、その限りではありません」

俺は眉をひそめる。無理をしているつもりはないのだから。

「本人に自覚はなくても、片親の家庭は、どうしても苦労が大きくなるものです」

「…………」

……片親、か。

里親は、父親と母親がそろっている事例のほうが圧倒的に多い。俺のように独身で子どもを引き取ることは、稀なのだ。

「社会的責任の重い里親であれば、なおさらです。そして里親の過度の負担は、里子に苦労をかけることにつながります。見取さん、もしもあなたが藍良さんによけいな苦労をかけてしまうとお思いなら、短期里親という制度を利用することをお勧めします」

鳴海さんの眼差しは、ゆったりした仕草とは裏腹に鋭かった。

「あくまで一時的な保護としての、短期里親。里子は、普段は施設で暮らしますが、たとえば週末だけ里親のもとで過ごすというショートステイのような形になります」

迷うまでもない。俺は首を横に振った。

藍良は施設暮らしを嫌がっている。祖父が遺したこの家で暮らすことを一番に考えているのだから、そんな形を望むわけがない。

藍良の近くにいた鳴海さんだって、それくらい知っているはずだ。なのにあえて短期里親に
言及したのは、俺を試しているからだ。

「鳴海さん。俺は、藍良と一緒にこの家で暮らします。藍良が自立するまで、俺がこの家で支えていくつもりです。その覚悟はとっくにできています」

「わかりました」

鳴海さんは引き続き、俺に問いかける。

それらの質問はひと言で言えば、親として子の藍良をどのように育てたいかに集約される。

俺なりに、ひとつひとつ丁寧に答えたつもりだ。

邪魔してくるんじゃないかと危惧していた彩葉だが、なにも口を出してこなかった。

俺の返答を一通り聞き終えたあと、鳴海さんは言った。

「見取さん、ありがとうございます。あなたの気持ちは充分に伝わりました。だからこそ、この場で話しておきたいことがあります。藍良さんは過去、小学校に通い出してから間もなく、不登校になりました。その理由を見取さんは知っていますか?」

「……クラスに馴染めなかったことが原因だったと聞いています。ですが、それ以上のことは

知りません」

俺は藍良のクラス担任なので、小中学校時代の経過を大まかに把握できる立場にある。

だが、詳しい状況までは知りようがない。藍良に直接、尋ねることもしていなかった。

「では、私からお話しします」

最初からそのつもりだったのだろう、鳴海さんは言いよどむことなく続ける。

「藍良さんは一度、小学校を不登校になりました。保健室登校や放課後登校をすることもできませんでした。理由はクラスに馴染めなかったこと。藍良さんは友だち作りを苦手にしていました。原因は周囲と違う外見もさることながら、あなたの影響も大きかったんです」

俺の影響……？　目を見張るしかない。

「藍良さんは幼少期、あなたと仲良くしていたそうですね。ですが、次第に疎遠になっていった。藍良さんは友だちと離れる寂しさを知ったんです。友だちを作っても、いつか離れてしまうなら、友だちなんて最初からいらないと思うようになってしまったんですよ」

寝耳に水の話だ。俺は言葉を失っている。

「当時の私は、藍良さんのそばにいませんでした。家政婦をしていたのは、私の先輩でした。だからこれは、先輩から聞いた話になります」

鳴海さんによれば、その先輩——御幸という名の先代の家政婦は、不登校の藍良を親身に世話していたそうだ。

その期間、肝心の祖父は家を留守にしていた。冒険の旅に出ていたのだ。

御幸さんは、そんな祖父の代わりに家族として藍良を支えた。不登校中に編み物を教え、あみぐるみという友だちの作り方を教えてあげたのだそうだ。

だから藍良は、今でも編み物を趣味にしており、あみぐるみを編んでいる。

俺のお守りであるドリームキャッチャーも編んでくれたのだ。

「藍良さんは、見取さんを恨んでいたわけではありません。また会いたいと願っていただけなんです。先輩からもそう聞いています。ですが私は、見取さん。あなたを恨んでしまいました。

藍良さんを本当の意味で助けることができるのは、あなただけだったからです」

藍良の不登校は、二週間程度で終わったそうだ。あみぐるみの編み方を教えた御幸さんが、藍良の傷を癒やしてくれたからだ。

だが本当の意味では、藍良は救われていなかった。

藍良は結局、沢高で泉水と出会うまで、友だちがいなかった。

いや――俺と再会するまでは、友だちを作ろうとしていなかったのだ。

「見取さん。私は、沢高の新任教師にあなたの名前を見つけたんです」

公立学校教職員の人事異動は、原則的に公表される。新聞にだって掲載される。

鳴海さんもまた公務員なのだし、その情報が目に入るのは自然なことだ。

「だから、見取さん。藍良さんが沢高を受験したのだって、あなたが関係しているんですよ」

俺が沢高に赴任したことを、鳴海さんは藍良に教えた。

だから藍良は、沢高を受験した？

俺と再会するために……。

「私は、人生とは編み物のようなものなのだと、先輩から教わっています」

鳴海さんは、思い巡らすように言う。

「自分という色は、ただ一色。ですがほかの色も用いなければ、編み物は寂しい。自分以外の誰かの色も用いて、一編み一編み、ゴールを目指して編むことが人生なのだそうです」

その編み方を、御幸さんは、そして鳴海さんもまた藍良に教えたかったのだろう。

「見取さん。今後はあなたが、親として、藍良さんに人生の編み方を教えてあげてください」

「わかりました」

俺は力強くうなずいた。ここでうなずかなければ、鳴海さんは俺を認めないだろう。

面談も終わりに差しかかったところで、これまでずっと黙っていた彩葉が口を開いた。

「鳴海さん。私からひとつだけ、いいですか」

「はい。なんでしょう？」

「藍良さんが無国籍者なのは、里親支援機関も把握していると思います。藍良さんが国籍を取得するために、なにか支援をしてもらうことは可能でしょうか？」

……彩葉。おまえが面談に同席したのは、それを確かめたかったことも理由のひとつか。

藍良のために里親になるなら、国籍を取らせるべきだって、真っ先に進言したのはおまえだったもんな……。

「……私共の機関では、国籍取得の支援まではできません」

鳴海さんはすまなそうに答えた。

「ですが、支援が可能な団体への橋渡しはできます。必要な際は、いつでもおっしゃってください」

無国籍者を支援する活動は、世界的に年々大きくなっているそうだ。

国内でも、里子と養子縁組を結ぶことを前提にした養子縁組里親制度を、無国籍者にも広げる動きが出てきているらしい。

もしもそれが可能になれば、藍良の国籍を取ることができるのだろうか？

だが、養子縁組をしてしまったら、俺たちは正真正銘の親子になる。

法律上、夫婦になることはできなくなる。

藍良はいい顔をしないだろう……。

だとしたらやはり、冒険に出て、藍良のルーツを探すしかない……。

「お兄ぃ。もし藍良さんの出自を探すために、ふたりで世界を回ろうと考えてるのなら、やめたほうがいい。そうするくらいなら養子縁組を勧めるわ」

彩葉に釘を刺され、戸惑った。

「……なんでだよ」

「藍良さんは、不法入国者である可能性が高いからよ」

彩葉は、髪先をクルクル回していなかった。

「海外で生まれた藍良さんが、無国籍のまま日本で暮らしている。このケースは密入国しか考えられない。おじいちゃんがどんな方法を使って密入国させたのかはわからないし、きっと人道的な理由があったんだろうけど、藍良さんが今もこうして日本にいられるのは、児童福祉法によって守られている未成年だから。もうひとつは、出身国がわからないからよ。だから成人しても、不法滞在者として日本から無理やり追い出されることはないだろうけど、一度でも国外に出てしまったら、日本に再入国することはできなくなるでしょうね」

無国籍者は、パスポートを持てない。とはいえ、出国できないわけじゃない。様々な事由によって、それを可能にする制度は数多くある。

だが、不法滞在であれば出国はできても、その後の入国ができなくなる。再入国許可証を取得することが難しいからだ。

「……だったら、彩葉。俺ひとりで冒険に出ればいい」

「藍良さん、おじいちゃんが冒険に出てた間、寂しがってたらしいじゃない。お兄ぃはそれと同じことをするつもりなの？」

「………………」

「私がこんな話をしてるのは、いちおうお兄ぃのこと、藍良さんの親代わりとして認めてあげたからなんだけど？」

べつにおまえに認められなくても……とは言わないでおく。不仲の両親が出張ってくるよりは、よほどいい。

俺が親族の中で唯一、心を許せるのが、妹の彩葉なのだから。

「……ありがとうな」

「な、なんでお礼」

「藍良のことを思いやってくれてるからさ。おまえの懸念は、すぐに答えを出すのは難しいけど、俺が責任をもって考えておくよ」

「……どうにもならないことは忘れることが幸福だっていう、お兄ぃの座右の銘が出てくると思ったのに。頼りないお兄ぃだけど、ひとまず信じてあげる」

俺たちのやり取りを見ていた鳴海さんが、頰に手を当てて微笑ましそうにしていた。

「見取さん。私共の仕事は、子どもを保護することだけではありません。子どもが心身ともに健やかに育つよう、手助けをすること。問題があれば、それがどんなことであれ支えになることなんです。藍良さんになにかあれば、すぐにお知らせくださいね」

俺は改めて礼を言い、これで面談は終了となった。

「鳴海さん」

家庭訪問を終えた鳴海さんが帰っていく前に、藍良が玄関まで見送りに来た。

「今日はありがとう。ううん……今日だけじゃなくて、これまでも。鳴海さんのおかげで、私は料理が好きになったの。御幸さんが編み物を教えてくれたのと同じで」

「……それなら、私のほうこそありがとう。あなたにそう言ってもらえると、先輩に少しは追いつけたかなって思えるわ」

「鳴海さん。私、また料理がうまくなったのよ。だから今度は、普通に遊びに来てね。私がご馳走してあげるから」

「ええ。楽しみにしてるわね」

鳴海さんは藍良に微笑みかけたあと、俺に一礼し、たおやかに去っていった。

藍良は、御幸さんからは編み物を教わって、鳴海さんからは料理を教わっていた。じゃあ俺は、藍良になにを教えてあげられるのだろう？

決まっている。ひとつしかない。

キャンプの技術だ。

午後からは、ふたりでアウトドアショップにおもむく予定だ。

「お兄ぃ、私も帰るわ」

「おまえまだいたのかよ」

「なにその態度⁉　私のおかげでお兄ぃが里親に認定される確率が1％に上がったのに！」

「上がって1％かよ……100回やって当確が1回だけかよ」

「お兄ぃ、間違ってるよ。当選確率1％は、100の試行回数で必ず1回当たるって意味じゃないよ。100本しかないクジを引いてるんじゃないんだから、100回引いてすべて外す可能性がある限り、お兄ぃの当選確率は計算すると63・4％に過ぎないよ」

　なぜ俺は、妹から確率の求め方を復習させられてるんだろう。

「ていうかお兄ぃ、帰りもちゃんともてなしなさいよね！　100％の確率で！　べ、べつに駅まで送って欲しいわけじゃないんだからね！」

　100％の確率で送って欲しいんだな……。

「彩葉さんって、さっくんと同じでツンデレなんだ。血の為せる業？」

　藍良がおかしそうにつぶやいた。とても異議を申し立てたい。

「彩葉さん、今日はありがとうございました」

「……あ、うん」

　頭を下げる藍良に、彩葉は複雑な顔をしていた。

　それから、どこか迷いながら言う。

「誰でも一人として数え、誰も一人以上に数えてはならない……これって法曹界とか、選挙なんかでも使われる言葉なんだけど」

きょとんとする藍良に、彩葉は照れ隠しのように早口で語る。

「藍良さん、あなたがいくら無国籍者だからって、ひとりの人間に変わりはない。逆に言えば、いくら不幸な境遇だからって、特別扱いを受けることもない。ひとりの人間として堂々と生きればいい。それだけでいいの。この日本という国は、そんな当たり前のことを当たり前にできる国なのよ。だから……藍良さんは、なにも心配いらないわ」

藍良はまた、きょとんとした。さっきよりも長い時間、そうしていた。

「お兄ぃは頼りないだろうけど、いちおう私の兄だから。きっとふたりは……いい家族になれると思う」

「……彩葉さん、本当にありがとうございました」

時間をかけて答えた藍良は、俺に対しても時おり見せる、春のような笑顔を咲かせていた。

面倒ながらも彩葉を駅まで送って、家に戻ってきた。

「彩葉さんって、素敵な人ね」

玄関で出迎えた藍良が、そんなことを言った。

「……そうか？　まあ頭はいいけどな」

「そういうところが素敵なんじゃなくて。もっとほかのところ」

「ほかってなると、生意気なところしかないぞ。あいつの大半は生意気でできてるからな」

「宝物って、近くにあるとなかなか気づかないものなのね……。大切な分だけまぶしいから、目がくらんで見えなくなるのかもね」

藍良は妙に納得していた。

その後、昼食の食卓で、藍良が先の家庭訪問について俺に尋ねた。

「鳴海さんと、どんなこと話してたの？」

「悪いけど、内緒だ」

「私の不登校のことよね？」

「…………」

わざわざ辛い記憶を掘り起こすことはないだろうに……。

「私がなんで不登校になったのか……御幸さんは知ってる。鳴海さんも知ってると思う。だけどね、私は全部を話したわけじゃないの。だから、さっくんには話しておきたい」

……そうか。きっと藍良の中で、もう整理はついているんだろう。

「私はあの日、ランドセルを背負って家を出ようとしたのに、できなかった。どうやっても、玄関から動くことができなかった。理由は、最初は自分でもわからなかった……」

藍良はだから、恐れたそうだ。

家政婦の御幸さんから、登校しない理由を尋ねられることを。なぜなら藍良は、聞かれても黙りこくるしかない。自分でも理由がわからないのだから、答えようがない。

「だけどね、御幸さんはなにも言わずに私を抱きしめてくれた。学校に行きたくないなら、行かなくていい。そう諭してくれたような気がしたんだ」

次の日も、その次の日も。

今日は学校行くの？　行かないの？　御幸さんは、そんなことは一度として藍良に尋ねなかったそうだ。

ただ、藍良のそばにいて、編み物を教えていた。

まるで、あなたが成長できる他の場を探せばいい、そう伝えるかのように。

「だからね、私は自然と理解できた。学校に行けない原因を自覚できた。がんばりすぎても、いつか限界は来るってこと……。ゆっくり休むことも必要だったんだって」

クラスに馴染めなかった藍良は、我慢を続け過ぎた。

心の悲鳴が、身体に反映されたのだ。

「お父さんは、家にいなくて。さっくんも、遊びに来てくれなくて。私は、学校でもひとりぼっちで。私はそれでも平気だと思ってたのに、心よりも身体のほうが正直だったみたいね」

ついには、藍良は学校に通うことができなくなって。

だが結果として、それで初めて、傷を癒やすことができたのだ。

「私、登校できない理由がわかったとき、泣いたんだ。思いっきり。あんなに泣いたのは生まれて初めてだった。人ってこんなに泣けるんだって、自分でも驚くくらいだった」

そこまで話した藍良は、くすりと笑った。

「そしたらね、トレくんがふらりと部屋に入ってきたんだ。泣いてる私の顔を、不思議そうにのぞき込んだあと……涙を、ぺろぺろ舐めてくれたんだ」

俺は思い出した。

藍良と再会を果たしたあの日――祖父の訃報が届いた日。

トレジャーは、藍良の手を舐めていたんだ。

藍良が拭った涙を、労るように舐めていた。

「トレくんは、お父さんが旅に出る前に連れてきた猫だった。私を寂しがらせないようにって考えたんだと思う。でもね、ぜんぜん懐いてくれなくて。猫ってマイペースなんだけど、当時の私はそれがわからなくて。だから私、最初はトレくんのこと好きじゃなかった」

藍良は、窓越しに広がる庭に視線をやった。

芝生の上で丸くなったトレジャーが、気持ちよさそうに昼寝をしている。

「だけどね。私が不登校になってからは、トレくんは気づくとそばにいるようになったの。朝になると、頬を舐めて起こしてくれて。昼になると、編み物の道具をくわえて持ってきてくれて。夜になると、私のベッドにもぐり込んで寄り添ってきてくれて……」

キャットディスタンスという言葉があるそうだ。

それは必要以上にベタベタせず、だけど必要なときには必ずそばにいる、猫ならではの距離感らしい。

「そのうちに、いつしか痛みは和らいでいた。私は御幸さんのおかげで、心の怪我を診ることができた。そしてトレくんのおかげで、心の怪我を手当てすることができたんだ」

藍良が登校する決意をしたときも、トレジャーが校門まで一緒に歩いてくれたそうだ。

そのとき藍良は、クラスメイトと出会った。藍良は緊張して、あいさつの言葉がなかなか出てこなかった。

だが、トレジャーを見たクラスメイトのほうから話しかけてきたそうだ。

『このネコ、かわいい!』

『藍良ちゃんが飼ってるの?』

『名前はなんて言うの?』

『頭撫でていい? 抱っこしていいかな!』

藍良は、トレジャーが架け橋になってくれたおかげで、不登校明けでもクラスメイトから腫れ物扱いをされることはなかったという。

「トレくんは、その後も登校のたびに私と一緒に歩いてくれた。学校から帰ると、玄関で必ず出迎えてくれた。私は、登校と下校の時間が大好きになった。だから、これからも学校に行こうって……トレくんのおかげで、そう思えたんだ」

カギ尻尾のトレジャーは、たしかに藍良の幸運を運んできたのだろう。

俺たちはもう一度、窓越しに庭を見た。

昼寝をしているトレジャーの周りに、猫が集まってきていた。

「ちょっ、どこの猫だよ！」

「たまにね、こんなふうに野良猫が集まってくるのよ」

俺と違って藍良は驚いていない。

「きっとトレくんのお友だちなんじゃないかな」

野良猫たちはおたがいにじゃれ合ったりしているが、トレジャーの昼寝の邪魔だけはしていなかった。

藍良以外の相手には不遜な態度のトレジャーだし、友だちというより舎弟なんじゃ？

「いや……そもそもどこから入り込んでるんだ。庭は塀で囲まれてるのに」

「塀の近くの木を登ってきてるんじゃないかな？　野良猫たちはべつに悪さをするわけじゃないよ。むしろネズミ捕りをしてくれてありがたいって、お父さんは言ってたわ」

俺はひとり暮らしの頃、野良猫がゴミステーションを荒らしているのを何度も見た。そういう被害がないのなら、やっぱりトレジャーが親分として躾けてるんじゃなかろうか。

「トレくんの寝床のミニテント、古くなってきたのよね。新しいの買ってあげようかな」

これから向かうショッピングで、買うものがひとつ増えたようだ。

トレジャー。おまえもれっきとした、家族の一員だったんだな。

今後は俺の仕事の邪魔をしに来ても、少しはもてなしてやるさ。首根っこをつかんで放り捨てるんじゃなくて、首根っこをつかんでそっと遠くに置いてやるよ。

◎その3

俺たちは約束していた通り、買い物に出かけると、まずは藍良のスマホを契約した。

それから電車で遠出をして、目的の大型アウトドアショップに足を運ぶ。

「わあ……！　キャンプギアがいっぱい！」

店に入ってすぐ、藍良は瞳を輝かせた。

広い店内にアウトドアアイテムがずらりと並んでいる。スペースを活用したテントやタープの設営展示なんかも行われている。

昨今のキャンプブームの影響で、アウトドア用品の専門メーカーだけではなく、ガレージブランドにアパレルに雑貨屋までもが、多種多様な商品を売り出しているわけだ。

ホームセンターや100均でも簡単なキャンプギアは買えるのだが、やはり専門店のほうが品揃えが豊富だ。アウトドアウェアも置いてあるし、自転車やカヤックなんかのアクティビティ用品だって多くそろっている。

「藍良、好きに見て回っていいぞ。俺も付き合うから、買いたいものがあったら言ってくれ」

「うん！」

キャンパーの好みによって、ギア選びは様変わりする。この買い物で、藍良が望むキャンプスタイルを知ることができるだろう。

藍良がまず向かったのは、クッカーのコーナーだった。キャンプ飯のためのギアだ。うん、ある意味予想通りかな。

クッカーというのは、形は同じでも値段が結構違ったりする。アルミやチタンといった素材によって、重かったり軽かったりするからだ。

調理のしやすさはもちろん、徒歩キャンパーの場合は持ち運びにも関係する。軽量でコンパクトなことが正義なのだ。

これらはネットでも簡単に買えるのだが、実物を見たほうがサイズや重量感がわかりやすいので、ギア選びに慣れないうちはショップに足を運んで購入したほうがいいだろう。

「うーん……なんか、どれもしっくりこない。クッカーは使い慣れてるもので充分かな」

お気に召さなかったようだ。

そもそも祖父が庭キャンプ用にそろえていたクッカーは、かなりの良品だ。プロの冒険家なのだし、目利きは相当なものだったはずだ。

この大型アウトドアショップは、品揃えは申し分ないが、悪く言えば量販店でしかない。

そう考えると、藍良のお眼鏡にかなうものって置いてないんじゃないか……？

「わあ……このテーブル、かわいい」

藍良が次に向かったのは、食事をするためのファニチャーのコーナーだった。

「これなんか、ネイティブ柄のテーブルクロスがすごく合いそう……」

藍良は興奮気味にアウトドアテーブルを見て回る。

……なるほど。祖父のギアはどれも逸品だが、無骨なのが難点だった。藍良はデザインにだってこだわりたいのか。

この店に連れてきた意味があったようで、ホッと安堵。

「藍良。買いたいものはあったか？」

「うん、候補は決めたよ。今度は、テーブルに合うほかのファニチャーも見てこなきゃ」

買うのは最後にしたいようだ。デザインを重視するなら、全体的なバランスをちゃんと考えないといけない。

藍良はテーブルの次に、チェアを吟味する。

「これ……いいなあ」

二人がけのアウトドアベンチだった。背もたれが付いていて、ソファのようにくつろげる。

だけどこれって、カップル用じゃ……？

「値段は……一万四千円？　そんなにするんだ……」

藍良はむむむと眉を寄せる。

「欲しいのか？」

「……え、えっと」

「わがままを言ってくれ。今はそういう時間だよ」

「さっくん……うん。これ買いたい」

それから藍良は、慌てて付け足す。

「こ、これがあればほかのチェアは必要ないし、便利かなって。でも、値段が結構するし……それに、ふたりで一緒に座ることになるし……だから、さっくんが嫌なら……」

「買ってくるよ」

俺はすぐに店員を呼び、購入の意思を伝える。

買うのは最後にまとめてのつもりだったが、時間が経つと藍良がまた遠慮するかもしれないし、あえてそうした。

サイズが大きいギアは、すべて宅配を頼むようにしている。今ならゴールデンウィークまでに余裕をもって届けてくれる。

「さっくん……ありがと」

藍良は嬉し恥ずかしといった様子だ。

「じゃあほかのファニチャーは、このチェアを中心に考えないと！」

その後、藍良はご機嫌に、棚と食器のコーナーを見て回っていた。

「このお皿……オシャレ」

北欧っぽい木皿に、ほかにも木製のスプーンやフォーク、ウッドチェスト。

そして、食卓に置くキャンドル風のガスランタン。

「綺麗……」

藍良の趣味がよくわかる。目に留めるギアは、おしなべて柔らかくて優しいデザインのものだ。

ファニチャーを一通り選んだあとは、リビングスペースの屋根となるネイティブ柄のタープを見る。

一方で、藍良はテントや寝袋には目もくれなかった。選ぶまでもなく、祖父のもので充分だと考えているらしい。買ったのはトレジャーの寝床用のミニテントだけだ。

つまり藍良の好みは、料理に偏っている。

そんな藍良に俺も付き合いながら、自分好みのギアを眺める。

気になるのは、薪ストーブだ。

暖を取るだけじゃなく、鍋料理と熱燗のマリアージュが楽しめるという触れ込みだし、いつか使ってみたいと思っている。

「さっくんは、自分のギアは買わないの？」

「今日はいいよ。この店にはいつだって来られるしな」

「そのときは、私にも声かけてね？」

「了解。藍良も、欲しいギアを新しく思いついてるかもしれないもんな」

「……そういうことじゃないんだけどな」

必要なギアを見繕ったあと、最後にアウトドアウェアを選んだ。

というより、俺が選ばせた。藍良はファニチャーだけで満足だと言っていたが、泉水と服を買っていたのだから、キャンプ用の服装だってこだわりたいはずだ。

それに、春のキャンプ場は思っている以上に冷える。暖かいアウターは必須となる。

「これ……いい感じ」

藍良が好んだのは、ジャンルとしては森ガール。

森ガールという言葉はもう古いかもしれないが、俺の知識では他のファッション用語が思いつかないので許して欲しい。

「さっくん……どうかな？」

俺は、試着をした藍良に感想を言う。今度はもう間違えない。

「かわいいよ。異国のお姫さまみたいだ」

「……そ、そっか。じゃあ、これにしようかな」

なんというか、初々しいやり取りだ。デートみたいな雰囲気になっている。

祭里とも、つき合い始めの頃にこんな会話を交わした記憶がある。

「さっくん、祭里さんのこと考えてる？」

藍良がじと目をしていた。

「……考えてない。ていうか、なんでそう思うんだ」

「いま後ろ頭をかいてるってことは、ウソってことだから、やっぱり考えてたんだ」

カマをかけたのかよ。ていうか俺のこのクセ、一刻も早く直したいんだけど！

「さっくん。べつに、変な意味はなくて。祭里さんはさっくんと一緒にキャンプしてたとき、どんな服装をしてたのか気になっただけなの」

……気になる時点で、なにかしら対抗心があるんじゃないか？

「まあ……祭里はいつも普段着だったよ。あいつは旅行好きだけど、温泉とグルメがメインだから、おしゃキャンってわけじゃなかったんだ」

「おしゃれキャンパーのこと？」

「ああ。俺も違うから、動きやすい服装でキャンプをするだけだったかな」

「なのにさっくん……私にウェアを勧めたの？」

「藍良だから、勧めたんだよ」

藍良は顔をほんのり赤くした。

そのまま無言で、逃げるように試着室のカーテンを閉めていた。

ウェアを買うときにはもう、祭里(まつり)の話題は出してこなくなったので、機嫌(きげん)は悪くないのだと解釈(かいしゃく)しておく。

ちなみに俺もネッカチーフを選び、試(ため)しに着けてみたのだが、鏡を見る限りまったく似合っていなかった。買うのはやめておこう。

「さっくん、ネッカチーフに興味があったんだ？」

「いや、ぜんぜん」

「……なのになんで試着したの？」

祭里(まつり)に勧(すす)められたから、なんてわざわざ教えるつもりはない。

買い物を終えた。藍良(あいら)が満足してくれたなら言うことはない。

いや、本番はゴールデンウィークのテント泊(はく)キャンプだ。藍良(あいら)は初めてだし、可能な限り楽しんでもらえるよう、帰宅する前にもうひとつ店に寄ることにした。

そこは水着ショップだ。俺たちはキャンプの帰りに、温泉テーマパークで疲(つか)れを癒(い)やす予定を立てている。

キャンプから温泉への流れは、キャンパーにとっては定石みたいなものだ。せっかくなので、藍良(あいら)にも体験してもらいたい。

藍良(あいら)はスクール水着しか持っていなかったので、こうしてレジャー用の水着も見繕(みつくろ)うことにしたわけだ。

とはいえ、レディース水着を取り扱っている売り場なんて、俺には場違いだ。

だから、邪魔にならない場所で藍良を待っているつもりだった。俺の出番は、会計のときだけだ。

「さっくん」

だが、水着を選んでいたはずの藍良は、なぜか俺のところに寄って来た。

「なかなか決められなくて……さっくんは、どれが好き？」

藍良の手にはワンピースタイプ、ショートパンツタイプ、ビスチェタイプ、ビキニタイプの四種類の水着があった。それぞれ自分の身体に合わせながら、俺に聞いてくる。

いや、ぶっちゃけると、聞かれても困るんだが……。

女物の水着を選んだことなんて、一度もない。祭里にだってしたことはない。

祭里は俺にそういうセンスがないことを知っているし、なによりこういうことは恥ずかしい。

水着を選ぶのはある意味、下着を選ぶのと変わらない。

選ぶ男のほうもそうだが、選ばれる女のほうはもっと恥ずかしいだろう。羞恥プレイとしか言いようがない。

……なのに藍良は、恥ずかしくないのか？

そんなわけがない。

藍良の顔は赤い。アウトドアウェアを試着したときよりも、ずっと。

俺がいつまでも黙っていると、藍良はなにかに気づいたようにうなずいた。

「そうよね。実際に着てるのを見てみないと……わからないよね」

藍良は俺の手を取り、あろうことか試着室の前に立たせると、手にしていた水着と共にその中に入った。

……マジか。なんだこのシチュエーション？

藍良はカーテンの向こうで服を脱いでいる。水着をつけるために、裸になっている？

いや、たしか水着の試着にはインナーを着用するのがマナーだったはずだ。

だとしても、藍良は少なくとも下着姿になっている。シルエットなんかは見えないが、俺は自然と回れ右をしていた。

衣擦れの音が気になってしょうがない……。

藍良を置いて逃げるわけにもいかず、変な汗をかきながら待っていると、背後でカーテンが開く音がした。

俺は、意を決して藍良に向き直る。

「ど、どうかな……この水着、似合うかな」

藍良が着ている水着は、最も露出が激しい、ビキニタイプだった。

透き通るような肌。すらりと伸びた手足、十五歳にしては発達したふくらみ。

……藍良のへそをまともに見たのなんて、初めてじゃないか？

過去に一度、藍良はバスタオル姿で入浴中の俺の前に立ったことがあった。それは、俺に構って欲しかったからだ。

じゃあ今も、同じような気持ちでいるのだろうか。

「は、早く教えて……？　は、恥ずかし……から……」

藍良は切なげに吐息を漏らす。もじもじと太ももをすり合わせる。

当人は意図していなくても、その仕草がやけに色っぽく、俺は必要以上に意識してしまう。

「……ええと」

うまく口にできない。

似合うよ、かわいいよ、それに決めちゃえよ――適当な文句は浮かんでも、それを言葉として紡ぎ出せない。

なんでだよ。たとえその場しのぎのセリフでも、藍良を喜ばせればいいだろうに……。

「さっくん……」

沸騰したように顔も耳も真っ赤にした藍良が、しぼり出すように言う。

「ちゃんと見てよ……。私のこと、ちゃんと……」

「………」

「ビキニとか……ちょっと、大人っぽすぎるかな……？」

舌の根が乾いている。

俺は、飲み込む唾もない、カラカラな口を無理やり動かす。

「……そうだな。おまえには、まだ早い」

藍良にそんなハレンチなのは似合いません。お父さんの気分で答えた。

その場しのぎではない、まぎれもない今の俺の感想だ。

「……じゃあ私、この水着にする」

そうなるのかよ⁉

「早くなんかないもの……私、大人だもの」

藍良は頬を膨らませながら、試着室のカーテンを乱暴に閉めた。

……年頃の娘って、難しいなあ。

俺は、長くて深いため息をつくしかなかった。


電車で沢原に戻り、帰宅する頃には、夕方になっていた。

俺たちは小休憩を取ったあと、夕飯の食材を買いに町の商店街に出向く。

「さっくん。晩ご飯はピーマンとセロリとゴーヤ、どれがいい？」

「どれもやめてくれよ！」

「冗談よ」

藍良はご機嫌なのか不機嫌なのか、よくわからない含み笑いをする。

「で、さっくんはなに食べたい？」

「……苦い野菜以外なら、なんでもいいぞ」

「さっくん。なんでもいいって言われると、料理の作りがいがないのよ？」

「だったら、藍良が食べたいものでいいぞ」

「私は、さっくんが食べたいものを作りたいの」

……まったく。勘違いする男が続出しそうなセリフだ。もし俺が藍良と同世代だったら、藍良に告っていてもおかしくない。

「まあ……藍良の料理って、なんでもうまいからな。ひとつに絞りきれないんだよ」

「そういう答えはよけい困っちゃうかな……嬉しくなるから」

そのとき、通りかかった青果店の店員が、藍良に声をかけた。よく買い出しに来ている藍良は、商店街の人たちと仲がいい。

孤独になりがちな藍良を、祖父、御幸さんと鳴海さん、トレジャー、そして商店街の人たちが今日まで支えてくれていたのだ。

「お店の人から、パインスティックもらっちゃった」

棒に刺した、食べ歩き用のパイナップルだ。売れ残りの最後の一本だったらしい。

「さっくん、食べる？」

「いや。藍良がもらったんだし、藍良が食べてくれ」

「じゃ、半分こしよ」

藍良はそう言うと、はむっとかわいらしく一口食べた。

「はい、次はさっくんの番。どうぞ」

「……藍良はまだ一口しか食べてないじゃないか」

「さっくんが食べたら、私もまた食べるよ」

藍良から半ば強引に食べかけのパインスティックを渡された。

すると、なぜか藍良が、俺が食べる様子を凝視する。

「……なんだ？」

「なんでもないよ」

藍良の態度で気づいた。俺がこのパインスティックを食べたら、間接キスになること。

……俺たちは家族だし、やましいことはなにもないよな。

そう言い聞かせ、口に入れた。

「えへへ……」

俺が食べる様子を見守っていた藍良が、はにかむような笑みを浮かべた。

こんな具合に、交互にパインスティックを食べながら歩いていると、今度は魚屋の店員に声をかけられた。

店員は、藍良の献立の相談に乗ってくれた。

あら汁ならマグロの骨が一番だよ、コクが出るからね、なんて親しげに話しながら、お勧めの魚を手早くさばいていた。

そうか。藍良が料理上手なのは、こういう理由もあったんだな。

その後も、肉屋や八百屋と同じようなやり取りをしつつ、夕飯の買い物を続けていく。

俺たちふたりの距離はいつしか、手と手が触れ合いそうなくらい近くなっていた。

……恋仲みたいに手を握るなんて、しないけどな。

最後に、藍良に勧められていたラムネも買った。今夜から眠気覚ましに食べるとしよう。


夕飯後、藍良は今日契約したばかりのスマホを前に、悪戦苦闘していた。

「スマホは小さいのに、オンライン説明書はこんなに長い……。これ全部覚えるの、学校の勉強より大変なんだけど……」

「全部を覚える必要はないぞ。俺だってどんな機能があるのか、半分も把握してないよ」

「……それでもスマホって、使えるの？」

「ああ。感覚だけで最低限使えるようになってるからな」

Z世代以降なら、生まれたときから携帯電話に触れていてもおかしくないし、説明書なんか1ページも読まなくたって使えるだろう。

小中学生の間は、親の意向でスマホを所持できない生徒が多いが、高校生になれば入学祝いでスマホを贈られるのもめずらしくない。藍良もついにスマホデビューというわけだ。

「でもさっくん……感覚で使うっていうのが、そもそもよくわからないんだけど……」

……藍良は今どきの女子高生にはめずらしいデジタルオンチだからな。自然の中で育てられたからだろう。

要はじいちゃん、あんたのせいだ。いや、おかげと言ったほうが正しいのか？

俺は、ありふれた女子とは一線を画す、森ガールの藍良が好きなのだから。

「じゃあ藍良、俺が使い方を教えるよ」

「う、うん。お願い」

俺は丁寧に操作方法を説明する。

使い方だけではなく、ネットマナーも教えることにした。

沢高は、スマホは持参可だ。ＨＲや授業中の使用は不可だが、休み時間や放課後には、周囲の迷惑にならない範囲で許されている。

そのためか、情報科教員の鍵谷が言っていた。

高校の情報科はデータ分析とプログラミングを中心に教えることになっているが、それだけじゃあ意味が半減すると。

なによりもまず、スマホとＳＮＳの正しい使い方を学ばせるべき。ネットリテラシーを子どもたちにたたき込むほうが遥かに重要だと、鍵谷はよく愚痴っていた。

「さっくん、これをインストールすればいいのね」

「有名なメッセージアプリだし、泉水も使ってるはずだ。連絡先を交換すれば、好きなときにやり取りできるようになるぞ」

「このアプリ、さっくんも使ってるの？」

「まあな」

「じゃ、私と交換しよっ」

アカウントを作ったあとは、連絡先の交換の方法を教えてあげた。

「やった、登録できた！」

俺のスマホにも、アプリのリストに藍良のアカウント名が加わった。

「さっくん。このアプリの使い方も、聞いていい？」

「ああ。実際に俺とやり取りしてみようか」

藍良は慣れない手つきで文字を打つ。

速度は遅いが、最初に説明書を読んでいたおかげか、ちゃんとフリック入力ができていた。

俺は、藍良から送られてきたメッセージに目を通す。

『拝啓
花の盛りもいつしか過ぎ、葉桜の季節を迎えました。

お仕事が大変そうですが、どうぞお健やかにお過ごしください。

早寝早起きはもちろんのこと、くれぐれも飲み過ぎにはご注意くださいね。

敬具』

文面は藍良らしいとしか言いようがないのだが、いかんせん堅すぎる……。

「……藍良。もっとさ、くだけた感じでいいんだぞ」

「そう？　手紙と同じように書いたのに」

礼儀は大切だろうけどな……。

「親しい人が相手だったら、普通の会話を意識しよう。それと長文もやめようか。どうしても長文になるなら、分割して送ったほうがいい。そのほうが相手が読みやすいからな」

「難しい……。あ、でも読みやすい文章の書き方は、国語で習ったかな。和歌月先生から」

和歌月先生は副担任というだけじゃなく、俺のクラスの国語科も担当している。

「黒っぽい字面じゃなくて、白っぽい字面のほうが、一般的には読みやすいんだって」

和歌月先生いわく、黒っぽい字面というのは漢字の多い文章のことで、漢字とひらがなの割合が3対7くらいの白っぽい字面のほうが、読み疲れることがないらしい。

「和歌月先生も、素敵な人よね。がんばり屋で、応援したくなっちゃうっていうか」

藍良が素敵な人と評したのはこれで、祭里と彩葉、和歌月先生の三人だ。

……べつに深い意味はないんだろうけど。

ともあれスマホのレクチャーを続け、藍良もメッセージの書き方に慣れ、遅い時間になってきたところでお開きにした。

俺が自室で明日の仕事の準備をしていると、スマホが鳴った。

見ると、藍良からメッセージが届いていた。寝る前に送ったんだろう。

『今日はとっても楽しかった。

ありがとう。

おやすみなさい』

……なんだろう、ちょっと感動してしまった。

藍良とはこんなふうに、今後もスマホでやり取りができるのだ。

そう考えると、ラムネを噛むよりも眠気が飛ぶ気がした。

3章　初めてのお泊まりキャンプ

◎その1

ゴールデンウィークを迎えた。

今年のゴールデンウィークは土日とつながっているため、五連休になっている。

昨日までに、家事やほかの用事はすべて終わらせた。おかげで今日明日は、なんの憂いもなく遊びに出かけられる。

天気も快晴。絶好のキャンプ日和となってくれた。

「おはよう、さっくん。ちゃんと早起きできたね」

「そりゃ、キャンプが楽しみだったからな」

連休はキャンプ場が混雑するので、早起きは必須だ。予約しているとはいえ、テントサイトに早めに着かないといい場所が確保できなくなってしまう。

フリーサイトのキャンプ場は、自分でテントの設営場所を選ぶ必要があるからだ。

「私は逆に、楽しみだったせいで寝坊しそうになっちゃった。昨夜、なかなか寝付けなくて」

藍良は照れ笑いを浮かべている。

たしかに昨夜の藍良は、その浮かれようが荷造りにも表れていた。


それは、先日買ったキャンプギアをまとめているときのこと。

ふくれ上がったバックパックを前に、藍良が情けない顔をしていた。

「藍良、どうした？」

「……ちょっと荷物が重くなっちゃって」

ギアを詰め込みすぎたんだろう。俺は試しに藍良のバックパックを持ってみる。

「重っ‼」

ちょっとどころの騒ぎじゃない。背負うのも一苦労……というより、藍良の力では持ち上げることすらできないレベルだ。

「……藍良。もっとギアを選別しようか」

「これでも選別したつもりなんだけど……」

持っていきたいものを取捨選択するのは難しい。キャンプが楽しみであればあるほど。言わばこの重さが、藍良の思いの度合いだ。

「藍良。この中、なにが入ってるんだ？」

テントやタープなんかの重いギアは俺が持っていくし、食材はクーラーボックスで運ぶ。ちゃんと選別すれば、藍良の荷物は重くならないはずだ。

「えっと……クッカーとファニチャーと、あとは飾り付けかな」

「飾り付け？」

「うん。フラッグガーランドとか」

オシャレな旗が連なった装飾品のことだ。

編み物が得意な藍良は、自作したそれを庭キャンプで飾ることがあった。少し持っていくらいならここまで重くならないだろうに。たぶん量が多すぎるんだろう。

「あとは、イルミネーションとか」

一番の原因が判明した。

「い、いや、藍良。クリスマスじゃないんだから、明かりはライトとランタンで充分だぞ？」

「でも……少しでも明るいほうがいいと思って。キャンプ場の夜は暗いだろうし……」

……そういうことか。暗所恐怖症の俺を思いやってのことだったのだ。

「大丈夫だよ。ちゃんとお守りのドリームキャッチャーを持っていくから」

「……ほんとに大丈夫？」

「もちろん」

藍良はためらいがちにうなずいた。

バックパックからはイルミネーションのほか、テントやタープに吊せる仕様のデコレーションライトなんかがいくつも出てきた。

藍良は残念そうにしながら、これらを荷物から外す。俺のためだけじゃなく、藍良は飾り付け自体も楽しみたかったんだろう。

「藍良。今度、夜の庭キャンプをしてみようか？」

「……夜の？」

「ああ。家でだってテント泊はできるんだ。じいちゃんなんか、庭でハンモック泊をしてたらしいじゃないか。そのときに、藍良の飾り付けを見せてくれないか？」

「さっくん……うんっ！　じゃあ明日のお泊まりキャンプは、そのための練習にもなるね。ますます楽しみになってきちゃった！」

藍良の荷物はめでたく軽くなり、それからふたりでキャンプ飯のための仕込みを始めた。

キャンプ場で調理しやすいよう、今のうちに下ごしらえをしておく。だが、仕込みが重要なのはそれだけじゃない。

荷物で最もかさ張るのは、実は食材だ。コンパクトに持ち運べるよう、可能な限りカットしてまとめる。

肉類は凍らせることで、保冷剤代わりにできる。真夏でなければ、途中で解けきって腐らせてしまう心配もない。

そして、食材の次にかさ張ると言われるのがクッカーだ。ひとつの調理器具でいろいろ使い回すようにしなければ、芋づる式に増えてしまう。

だがこの点は、さすが藍良だ。飾り付けの選別には迷っていたのに、クッカーの選別は俺が口出しする必要もなかった。

仕込みを終えた食材は、明日の朝に冷蔵庫や冷凍庫からクーラーボックスに移す。クーラーボックスは、キャリーカートで運ぶことになる。

力仕事担当の俺がキャリーカートを引いていくが、キャンプ場までの道は整備されているため、移動は苦にならないだろう。

「……ごめんね。さっくんの荷物のほうが多くて」

「それくらいは普通のことだよ」

親子としても、男女としても。

「それに、明日は藍良がキャンプ飯を作ってくれるんだろ？」

「うん。腕によりをかけて作っちゃう」

「その楽しみがあれば、ちょっとの荷物くらい、なんてことないさ」

「じゃあさっくん、イルミネーションも運んでくれる？」

「……それは今度の楽しみに取っておこうか」

こんなふうに、俺たちは昨日のうちに荷造りを済ませている。

軽く朝食を取って、いざキャンプに出発だ。

「トレくん。お留守番、お願いね？」

「ジャー」

トレジャーのための餌や飲み水は、すでに用意した。

戸締まりをするので庭との行き来はできなくなるが、部屋のドアはほぼ開けていて、トレジャーがストレスを感じないようにしている。

「それじゃ、トレくん。いってきます」

「ジャー」

昨今はペット連れキャンパーも増えていて、ペット用のキャンプセットも手軽にそろえることができるのだが、そういった楽しみ方は次の機会ということで。

「じゃあな、トレジャー。気が向いたら、おまえの土産も買ってきてやるよ」

トレジャーはジャーと鳴かず、回れ右をしてさっさと奥に引っ込んでいった。この畜生はこの先、俺に懐くことがあるんだろうか。

俺たちは玄関のカギを閉め、駅に向かう。

隣を歩いている藍良の服装は、森ガールコーデ。かわいらしいナチュラルスタイル。

背負っているバックパックは祖父のもので無骨だが、編み物による外付けのかわいらしい飾りがあしらわれていて、服装にうまく合わせていた。

駅から電車に乗った。大きな荷物があるので、席には座らない。周囲の邪魔にならないよう、空いている場所に立つ。

藍良は、ほかの乗客からじろじろ見られている。駅のホームでもそうだったが、車内でも鬱陶しい視線に見舞われてしまう。

徒歩キャンプというのは、格好のせいで目立ちやすいものだが、藍良はただでさえ銀髪碧眼の美少女なので、輪をかけて注目されている。

……見惚れてる男も多くて、よけい複雑だ。

目的のキャンプ場は成田なので、道中は成田国際空港を利用する客が多い。だから大荷物でも目立たないと思っていたのだが、藍良の美貌までは隠せなかったわけだ。

だとしても、藍良は堂々としている。

藍良はもともと目立つことに慣れている。

望む望まないにかかわらず、そうやって生きるしかなかったからだ。言い換えれば、無理をし続けた結果なのだ。

俺が車を持っていたら、こうはならなかったんだよな……。

沢原は、田舎だ。電車やバスの本数が少ないので、この地域の住民なら車の免許を持つのが普通らしい。

俺は、車の免許は大学在学中に取る予定だった。親に借りは作りたくないので、バイトで資金を貯め、自分の力でなんとかするつもりだった。

だが祭里と一緒に所属した探検部が楽しくて、家庭教師のバイトで貯めた金は、キャンプ費用や旅行費用にあえなく消えていった。

その後も、教員免許取得や採用試験に忙殺され、教習所に通う暇がなかった。

社会人になってから免許を取ろうと考えたこともあったが、重い腰は上がらなかった。ただでさえ仕事がブラックなのに、教習所に通う時間なんてどうやっても作れなかった。

「でも移動を考えたら、オートキャンプのほうが楽だもんな……」

口からこぼれた言葉に、藍良が不思議そうに聞き返す。

「さっくん、オートキャンプしたいの？」

「あ……いや」

「さっくん、車が好きなの？」

俺は苦笑いをしながら、首を振る。

「車は、好きでも嫌いでもないよ」

オートキャンプは車に荷物を多く乗せられるため、移動が楽になり、遠出もしやすい。キャンプ場選びの自由度が増すことになる。

だが俺は、いかんせん車というものに詳しくないせいで、あまり惹かれない。車種なんかまったくわからないし、むしろみんな同じに見える。覚える気も湧かない。

そういえば、子どもの頃は特撮やロボットアニメを観ていなくて、クラスの話題についていけなかった。親の躾でテレビ自体、まともに視聴できなかったからだ。

だから俺は、メカメカしいものに心ときめかない男に育ってしまったのかもしれない。

「さっくんは、車に興味がないのね。車を好きになる理由がなかったのよね。なら、それでいいじゃない。私もオートキャンプより、徒歩キャンプのほうが好きだもの」

「……なんで徒歩キャンプのほうが好きなんだ？」

藍良はその風貌で、衆目にさらされ続けてきた。だったら、周囲から見られずに移動できるオートキャンプを好むほうが自然だろうに。

「だって、徒歩キャンプのほうが……ほら」

藍良の視線が、車窓に向いた。

「景色がこんなに、綺麗じゃない」

窓越しに広がるのは、青い空と、茂った緑。

春を象徴したような光景。

だけどこんなの、車の中からだって眺められるじゃないか……。

そのとき、春風にでも煽られたのか、電車が大きく揺れた。

藍良の身体が、背負っているバックパックの加重に引っ張られ、かたむいた。

俺はとっさに藍良を抱き留める。

「あ……」

藍良は目をぱちくりとさせたあと、俺の胸の中で上目遣いをする。

「……もうちょっとで着くから、それまでつかまってていいぞ」

「うん……」

藍良は、まばたきも忘れたように目を見開いたまま、俺の服をぎゅっと握る。

「私……やっぱり、電車でよかったな」

藍良はそっと、自分の額を、俺の胸に押し当てた。

「車だったら……こんなこと、できなかったもの」


目的の駅で降り、送迎バスに乗って。

俺たちは千葉県成田市の牧場キャンプ場に到着した。

ここは国内外で人気のキャンプ場だ。俺も何度か利用したことがある。

管理棟が充実していて、シャワー設備も整っている。必要に応じてテント設営や火起こし等、スタッフが丁寧にサポートもしてくれる。

キャンプデビューにお勧めしたいキャンプ場、第一位と言われるくらいなのだ。

「わあ……。私、スマホでホームページの写真は確認してたけど……それよりも、ずっと綺麗。風景だけじゃない……聞こえる音も、感じる風も……」

目の前に広がる、雄大な自然のロケーション。

聞こえるのは風に揺れる草木の音、鳥の声、ときどき飛行機。

写真だけでは感じることのできない空気だ。雰囲気としてはプチ北海道といった感じで、祖父が好きだった北海道産のジャガイモの味を思い出させる。

俺たちはさっそくフロントでチェックインをする。

費用を安く上げることができるのも、徒歩キャンプの利点だ。駐車料金がかからない分、格安で利用できる。

「……さっくん」

チェックインを済ませると、藍良がムッとしていた。

「私たち、親子ってことになってるんだ？」

「そりゃあな」

藍良は十五歳、俺は二十六歳。一般的な親子としては、歳が近すぎるだろう。

それに俺たちの苗字も違う。俺と藍良の人種も違う。

だが今の時代なら、そういった家庭もめずらしくない。むしろ俺たち以上に複雑な家族だって存在する。受付の人も特に驚いていなかった。

「さっくん。べつに、無理に親子にしなくていいよ？」

「いや、親子以外になにがあるんだ」

「カップルとか」

俺は聞かなかったフリをして荷物を背負い直し、フロントをあとにする。

「ほら藍良、行くぞ。急がないといい場所が埋まってしまう」

「……祭里さんが、さっくんのことヘタレって言うの、よくわかる」

藍良はますます頬を膨らませていた。


俺たちはテントサイトに足を運ぶ。

まだ早い時間なのに、すでに多くのキャンパーの姿があった。鳥の鳴き声よりも、人の話し声のほうが聞こえるくらいだ。

色とりどりのテントやタープが張られていて、緑一色だったはずのこの場所は、今は真夏のビーチのようにカラフルだ。

カラフルなのはギアだけじゃない。キャンパーの格好もそれぞれの個性やスタイルを表現していて、もはや花見を超えた華やかさだ。桜のシーズンはもう終わっているが、人によっては花見よりも目の保養になるだろう。

まあ俺としては、森ガールの藍良がイチオシだ。

「キャンプする人って、こんなにいるんだ……。みんな、いろんな格好してる。沢原のお祭りを思い出しちゃった」

ハロウィンやコスプレイベントという言葉が出てこないあたり、やっぱり藍良だ。

俺たちもほかのキャンパーに負けじと、陣地取りを始める。適当に決めてしまうとあとで後悔するので、吟味が肝要だ。

まずは、平坦なところを見極める。地面がゴツゴツしていたり、斜面だったりすると、座り心地や寝心地が悪くなる。

炊事場やトイレに近い一角は、特に人気だ。遠いとその分、往復するのに時間がかかる。

そしてもうひとつ、風上に木々があるといい。

今日は風が少し強いようだ。なにも遮るものがない場所だと、強風をもろに受けてしまう。テントやタープが、風で倒れたり破損する危険がある。

「よし、ここにしよう」

早起きしたかいあって、好条件の場所を確保できた。

俺は荷物を置き、一息ついて藍良に振り返った……つもりだったのだが、藍良の姿がない。

「ちょっ、どこいった？」

はぐれたのか？　こんなに早く？

スマホで連絡を取ろうとしたが、その必要はなかった。藍良は向こうで、数匹の野良猫にじやれつかれていた。

「きゃっ、くすぐったい……ふふ」

猫を一匹ずつ抱き寄せては、頬を舐められていた。

キャンプ場は緑豊かな分、野生動物が多く出没する。野良猫に限らず、犬や狐や狸、場所によっては危険な熊も出る。

「藍良、かわいいからって餌はやるなよ？」

「うん。それがマナーだものね」

餌をやっていないのに、こんなに懐かれるだなんて。森ガール、恐るべし。

藍良がばいばいと手を振ると、野良猫たちはおとなしくこの場を離れた。動物に好かれるどころか、自在に操っている。

「森ガールっていうか、もはや森のお姫さまだな……」

「なんのこと？」

どんな動物も尻に敷くおまえだから、俺だって尻に敷かれるのはしょうがないってことだよ。

テントの設営場所を決めたら、次にレイアウトを決めることになる。

テントとタープ、リビングスペースをどのように設置して、どのように彩るか。

レイアウトは藍良に全面的に任せている。俺がやるのは力仕事だけだ。藍良の指示通りに設営するつもりでいる。

「うん、決めた。さっくん、手伝ってくれる？」

「ああ。任せろ」

俺たちはふたりで協力し合い、テントとタープの設営を始める。

タープは陽射しや雨除けになり、その下に荷物をまとめておくと、夜露や朝露で濡れるのも軽減してくれる。

それになんといっても、タープを張ると華やかになる。布が太陽の光を通し、透けた柄が地面に広がるその様子は、タープならではの装飾だ。

「タープは、風がうまく抜けるように張るといいのよね」

風を受けやすいタープは、空気の通りを意識して張る必要がある。万が一タープが倒れ、そのときに火を扱っていたら、最悪の場合は火事になる。

「やった、完成！」

藍良が考えたレイアウトは、タープをテントの入り口と連結させていた。藍良が知っているかはわからないが、これは人気の張り方だ。

見映えがいいのもそうだし、雨が降ってもテントとリビングスペースの行き来が簡単になるからだ。まあ、今日の予報では雨は降らないけれど。

「これなら、暗い外に出なくても、テントとリビングの行き来ができるものね」

……それが理由だったのか。俺のためを思ってのレイアウトかよ。

「さっくん、私も暗いのは怖いから。だから、さっくんのためだけじゃないよ」

俺が気にしすぎないためのフォロー。

世話焼きというか、親孝行の娘というか。俺は苦笑いを浮かべる。

同じ世話焼きでも、祭里とは少し違うと思ってしまうのは、藍良がやはり娘だから？　それとも、藍良の気持ちを知っているからなのだろうか。

「そうだ。さっくん、ドリームキャッチャーを持ってきてるのよね。貸してくれる？」

俺が渡すと、藍良はテントの中の一番目立つところに、それを飾り付けた。

「今日と明日、キャンプを無事に過ごせますように」

……守り神みたいな扱いになってる。

「さっくん、必要なときは自由に取っていいからね」

藍良は、俺が毎晩ドリームキャッチャーを抱いて寝ていると思っている。俺は素直にうなずいておいた。

「テントとタープは、こんなところかな。さっくん、次はリビングね」

「了解だ」

俺たちがこうして息ぴったりに設営を進められるのは、庭キャンプや河川敷キャンプの経験があるからだ。キャンプを重ねるたびに、設営や撤収のスピードは速くなるものだ。

藍良はキャンプデコレーションを続ける。優しい色合いのフラッグガーランドで、リビングスペースを飾っていく。

まるで自然に溶け込むような、花や草木と一体化したコーディネート。

なあじいちゃん。藍良はもう、ひとりで自分好みのキャンプができるようになった。キャンパーとして一人前になったよ。

じいちゃんにも、今の藍良を見てもらいたかったな。

きっと、豪快に笑いながら、藍良の頭を撫でたんだろうな……。


設営が一通り終わると、俺たちはコーヒーで一息つく。

バーナーでお湯を沸かしながら、手動のコーヒーミルで豆を挽く。ドリッパーをセットして、挽いた豆を入れ、お湯を注いで抽出する。

コーヒーなんてそこらの自販機でも売っているが、こうして淹れるほうがずっとうまい。

「うん。やっぱり挽き立てのコーヒーって、いい香り」

キャンプ場の空気は澄んでいるので、ミル挽きコーヒーの香りもますます引き立つ。

「それじゃ、さっくん。キャンプを祝して、かんぱーい」

俺たちはシェラカップを鳴らして、挽き立てのコーヒーを飲む。

この日のために買った二人がけのアウトドアベンチに座り、寄り添いながら。

風が少し強いため、陽射しがあっても体感温度は低い。だけどふたり並んでベンチに座るこの距離が、コーヒー以上に俺たちを暖めてくれる。

コーヒーの苦みが、いくら舌に染み渡っても、意識は藍良にばかり向けられる。

ソロキャンプと違い、気疲れするのがグループキャンプの常だけれど。

藍良とのふたりキャンプだったら、たとえ意識はしても、嫌な疲れにはならない。

俺は、このぬくもりに癒やされているのだから。

パシャ。

「さ、さっくん？」

俺はスマホで、コーヒーを飲んでいる藍良の写真を撮った。

「今日の記念ってことでな」

「……撮るなら、先に言って欲しかったな」

「かしこまるより、自然な藍良を撮りたかったんだ」

「私……変な顔になってなかった？」

「ぜんぜん。いつもの藍良だったよ」

「いつもの私って？」

撮った写真は、いつもの藍良と変わらずに、かわいらしい。

いや。いつもよりもかわいらしくて、美しい。

「とにかく、いつもの藍良ってことだ」

「……誤魔化された感じ。その写真、あとで私にも見せてね？」

藍良は唇をとがらせたあと、自分のスマホを掲げた。

「さっくん。私も、写真撮りたい」

俺だけにカメラを向けるのではなく、ふたり一緒に入るよう、身を寄せてくる。

「自撮りっていうの、流梨さんから教わったんだ」

パシャ。

写真を撮る瞬間の藍良は、俺と腕を組むような体勢になっていた。

「……こうしないと、カメラのフレームに入らなかったから」

そっぽを向きながら、言い訳がましく言っている。

「私……さっくんと一緒に、これからもキャンプの写真を撮っていきたいな。今日みたいな特別なキャンプじゃなくても……庭キャンプでだって」

その時々のキャンプを、思い出として残すこと。

藍良の願いに、俺もうなずいた。

「だったら、次のキャンプは三脚を使って、セルフタイマーのカメラで撮ってみようか。スマホの自撮りなんかじゃなくて、もっと本格的にさ」

写真家でもあった祖父は、カメラに精通していた。カメラ機材は家に豊富にそろっているし、庭キャンプなら運ぶ手間もない。

俺もカメラを勉強してみるか。車の免許を取るよりは、やる気が出そうだ。

「……自撮りだから、いいのにな。さっくん、ぜんぜんわかってない」

藍良は頬を膨らませていた。その膨らみ具合は、今日一番だった。

設営が順調に進んだので、時間はたっぷりある。

俺たちは、キャンプ場の隣に広がる牧場を見て回ることにした。

テントサイトから離れる際は、防犯対策をしっかりしておく。キャンプブームの裏では、盗難被害が相次いでいると聞く。

「わあ……牧場、すっごく広い。キャンプ場より広いんじゃない……？」

入場後、案内板を見た藍良の感想だ。

この牧場はキャンプ場よりも有名で、ファミリーからカップルまで楽しめるという触れ込みなのだ。

「馬に乗ったり、餌をあげたりできるんだ。牛の乳搾り体験もあるのね。ウサギもいるし、ヤギもヒツジもいるし……ほかにも、いろんなアトラクションがあるみたい」

アスレチックに釣り堀に、アーチェリーにパターゴルフにと、大人も子どもも楽しめるアトラクションがそろっている。

まあ藍良が興味津々なのは、動物たちのいるエリアだろうけど。

「藍良、好きに見て回っていいぞ。アウトドアショップと同じ感じでさ」

「さっくんは行きたいとこないの？」

「まあ、俺は大学時代に何度か来てるからな」

「祭里さんと？」

「……サークル仲間とだよ」

ともあれ、藍良が向かったのはやはり動物エリアだった。

歩いていく途中にも、色とりどりの花々が楽しめる。

寄ってきた蝶に、藍良が人差し指を差し出した。蝶は指に止まって、白い羽を休める。

藍良は動物だけじゃなく、蝶にも好かれるんだな。蚊にまで好かれると、祭里みたいに夏のキャンプが大変になってしまうのだが。

……って、こんなふうに祭里と比べてばかりいるから、藍良に突っ込まれるのかもしれない。これ以上はやめておこう。

向かった動物エリアは、その名の通りいろいろな動物たちと触れあえるスポットだ。藍良はさっそく乗馬体験を楽しんだ。

「私、馬に乗ったの初めて！」

スタッフに先導されながら決まったコースを進むだけでも、藍良は大興奮だ。俺が以前に乗った馬に比べて、藍良の馬は乗り心地もよさそうだ。

まあ、森の姫の藍良だから、馬も丁重にエスコートしてるのかも。

そんな藍良の乗馬姿を、俺は遊歩道で待ち構えながら写真に収めていった。

ほかにも餌やり体験や乳搾り体験も楽しんで、俺たちはレストランで昼食を取った。

搾りたてのミルクをふんだんに使ったメニュー。そして牧場のグルメと言えば、やはり原乳仕込みのソフトクリームだ。

この牧場でも、北海道産に引けを取らない濃厚でフレッシュなソフトクリームを一番に推している。だが辛党の俺は、何度も来ているのにまだ味わったことがなかった。

ランチの後、食べ歩きできるソフトクリームを藍良に買ってあげた。

「さっくんも一緒に食べよ。半分こしよ？」

この流れは、沢原の商店街でパインスティックを食べたときと同じだ。

「はい、次はさっくんの番。どうぞ」

拒否することもできただろうに、俺は藍良からソフトクリームを受け取っていた。

なにか、わかった気がする。

ひとりで食べるより、ふたりで食べるほうがおいしいと感じるのなら、食の幅だって広がるのだろうと。

「えへへ……」

間接キスになったことで、藍良ははにかみながらも嬉しそうだ。

こんなふうに肩を並べて歩きながら、俺たちは次のエリアに向かう。

夕食であるキャンプ飯の準備があるので、時間的にもうひとつのエリアを見て回るのが限度だろう。

藍良が選んだのは、園芸エリアだった。お花摘みやいちご狩りのほか、旬の野菜の収穫体験もできる。

「お父さんはよく、畑を持ちたいって言ってたんだ。その気持ち、私もわかる。自分で作った野菜で料理ができたら、食べたときの感動も大きくなると思うから」

祖父が畑を持てなかったのは、冒険業で家を留守にするため、世話ができないからだ。

その代わりなのか、藍良は家のベランダでハーブのような簡単な家庭菜園を作っている。キャンプ飯のための下ごしらえでも、それらを使っていた。

いつか、庭の一部を畑にしてみるのもいいかもしれないな。

「藍良。そろそろテントに戻ろうか」

「うん……ちょっと残念だけど。牧場、半分も回れなかったな」

「回れなかったところは、次の楽しみに取っておけばいいさ」

「うん。さっくん、絶対また来ようね！」

藍良は最後に、牧場仕立てのミルクとチーズを買っていた。お土産ではなく、キャンプ飯で使うつもりのようだった。

◎その2

いつからだろう、気づけば空が曇っている。

しかも、牧場からテントサイトに移動している途中で、雨が降り出した。

俺たちは傘を携帯していない。急いでタープの下に避難した。

防犯対策として、ギアはすべてテントの中に入れていたので、濡れずに済んだ。外に出していた荷物も、タープのおかげで雨の被害はほとんどない。

幸い、俺たちもさほど濡れなかった。

徒歩キャンパーの俺たちは荷物を極力減らしているので、着替えを持ってきていない。濡れ鼠になっていたら取り返しがつかなくなっていたところだ。

「雨の予報はなかったのに……。さっくん、びっくりしたね」

藍良は笑っていた。なぜだか楽しそうに。

「キャンプは自然を楽しむものなんだし、雨だって同じよね。私たち、運がいいかも。雨が降らないとわからなかった空気も、こうして感じられるんだから」

テントやタープを、雨粒がトントンと叩いている。

梢の葉が雫を弾きながら、リズミカルに上下に揺れている。

雨特有のこの風景は、今でなければ眺められないだろう。

「さっくん、待ってて。タオル持ってくるね」

藍良はテントに入っていく。タープと連結していたおかげで、テントの出入りで雨に濡れることはない。

その間、俺はテントとタープのロープをチェックする。ロープの張りが甘いと、雨水が天井にたまってしまい、その重みで倒れることもある。

問題ないことを確認したところで、藍良がタオルを持って戻ってきた。

「さっくん、ちょっと屈んで?」

言われた通りにすると、藍良は俺の髪や肩のあたりをタオルで拭いてくれた。

……これくらい自分でするのに。でもそう言ったら、藍良は頬を膨らませそうだ。

だから代わりに、こう言った。

「次は、俺が藍良を拭いてやるぞ」

「……う、うん」

藍良もまた、恥ずかしそうに従った。

その間に雨は上がってくれた。通り雨だったようだ。スマホで雨雲レーダーを確認してみても、もう完全に止んでいる。

とはいえ身体が冷えたので、俺たちはキャンプ飯の準備の前に、シャワー施設に向かうことにした。

「わあ……見て、さっくん！」

雨上がりの空に、見事な虹がかかっていた。

たしかに俺たちは、運がいい。キャンプで虹を見上げるのは、俺も初めてのことだった。

俺と藍良はこの風景を写真に切り取り、思い出として残していく。


「さあ、お待ちかねのディナータイム。まずはキッチンを作らないと！」

シャワーから帰った藍良は、ここからがキャンプの本番とばかりに意気込んでいる。

設置したテーブルにネイティブ柄のクロスを広げ、ウッドチェストにはクッカーを並べて、コンロとなる焚き火台と炭火台を用意する。

「さ、さっくん、どうしよう……」

てきぱきとギアを配置していると、藍良が情けない顔をしながら薪を持ってきた。

「雨のせいで、薪が湿っちゃってる……」

タープの下に置いていたのでびしょ濡れじゃないのは幸いだが、少し湿ってしまっている。

「火……ちゃんと点くかな……？」

「任せろ。俺は、雨キャンプも慣れてるからな」

湿った薪は本来、乾かしてから燃やすのが鉄則だ。

だが乾かす時間がなく、すぐに焚き火をしたい場合は、着火時の火力を上げる。一度でも火が点けば、その後は薪を乾かしながら燃やすことができる。

俺は松や竹、シラカバの皮など、油分が多く火を点けやすい着火材を用意している。突然の雨で薪が濡れることを想定し、こういった焚きつけ用の材料を常備している。

「さっくん、すごい。用意周到ね」

「経験者は語るからな」

キャンプ場は山や高原にあることが多いので、天気が変わりやすい。今は予報の信頼性が高くなっているとはいえ、それでも今日のように百発百中とはいかない。

「あと、湿った薪は細かく割れば火が点きやすいんだ。バトニングって言うんだけどな」

「バトニング、私もやりたい！」

「ふたりで一緒にやろうか」

「うん！」

俺は、ナタやナイフの扱い方を藍良に教える。

キャンプ飯の時間帯なので、周囲からも薪割りの音が響いている。

その分、話し声は聞こえない。皆、無心で薪を割るという単純作業に徹している。

キャンパーという人種はおしなべて、瞑想のようなこの時間が好きなのだ。

俺と藍良は、細かく割いた薪を焚き火台の上に組み、着火材を入れてからファイヤースターターで着火する。

火が点いたら、少しずつ太い薪へと炎を移していくのがポイントだ。

「わ……煙、たくさん立ってる」

「薪が湿ってると、そうなりやすいんだ」

焚き火は、周囲との距離や風向きに要注意だ。でないと、隣のキャンパーたちがもろにその煙を被ってしまう。

過去、焚き火をしていると、幼い藍良に煙が向かってしまったことがある。祖父には注意されたものだ。炎を操るとは、煙を操ることに他ならないのだと。

俺たちは、煙が周囲の迷惑にならないよう、風向きを計算しながら焚き火を続ける。

薪を乾かしながら、焦らずゆっくりと、順番にくべていく。

途中で火が弱まってしまったら、トングで薪を動かして隙間を作り、空気が通るようにする。

その際、やけど防止のために手袋の着用は必須だ。

薪が充分燃えてきたら、周りに炭を置き、火を育てることになる。

「炭は万能調味料っていうのが、お父さんの常套句だったな……。炭で焼いたりあぶったりするだけで、どんな食材もおいしくなるって言って」

その祖父が愛用していたのが、備長炭だ。今回、俺たちが用意した炭もそれだ。

備長炭は安定した燃焼性があり、火の粉が飛びにくくて煙も少ないという高性能を誇る。

その代わり、全体が高温にならないと着火しないため、火がおこしにくいという欠点も持つ。

俺は、祖父から教わった備長炭を操るコツを、藍良にも教える。

「やった……備長炭も着火できた！」

備長炭は無事、鮮やかなオレンジ色を彩るようになってくれた。

「綺麗……夕焼けみたい」

徐々に広がり始めた頭上の夕空にも増して、その色は美しい。

「焚き火も、炭火だって……キャンプデコレーションのひとつなのね」

鮮やかに色づいた炭を、炭火台に移動させる。これでキッチンの完成だ。

「じゃあここからは、藍良シェフのフルコースを楽しませてもらおうかな」

「そのコースにお酒は入ってないけどね」

「冗談だろ！」

「うん、冗談。でも、飲み過ぎはダメだからね？」

うなずく以外の選択肢がない。

俺が管理棟で酒を買い、戻ってくると、藍良は炭火台の網の上に食材を載せていた。

昨日の下ごしらえの段階で、俺もその食材がなにかは知った。だが実際にどんな料理を作ってくれるのかは、この瞬間までわからなかった。

「さっくん、どんなメニューかわかる？」

「鶏肉に串ときたら、キャンプでは定番の焼き鳥で決まりだな」

「ハズレ。正解は、シュラスコよ」

な、なんて？

「お父さんが旅先で教わってきたんだけど、シュラスコっていうのは、串に刺したお肉を炭火で焼いたブラジル料理なの」

「……焼き鳥と変わらないじゃないか」

「専用のソースがあるの。トマトとワインビネガー、オリーブオイルを使ったソースよ」

その味付けの焼き鳥は、初めて経験するものだ。

藍良はシュラスコを作りながら、鶏肉以外の肉も用意した。

「それ……羊肉だよな？」

「うん。このお肉は、ほかのメニューに使うのよ。なにかわかる？」

「ジンギスカン……って言いたいところだけど、ジンギスカン鍋なんか持ってきてないもんな。じゃあ、普通に焼き肉か？」

「アタリ。普通にトルコの焼き肉料理、シシカバブよ」

まったくもって普通じゃない。初耳の料理ばかりだ。

「……それも、じいちゃんが旅先で教わってきたわけか」

「うん。下味をつけた羊肉と野菜を交互に串に刺して、炭火で焼く料理なの」

「炭火料理って、ワールドワイドだったんだな……」

「さっくん、地理の先生なのに、海外料理に疎いんだから」

テストには出ない範囲だし、許して欲しい。

「まあ、つまりは焼き鳥ならぬ、焼き羊ってことか。酒が進みそうだぜ！」

「500ミリリットル以上飲んだら、その時点でキャンプご飯は終わりになるからね？」

俺は毎度のようにうなずきながら、まずはミニサイズの缶ビールを開ける。

藍良が皿に盛ってくれた、出来立ての串焼きを頬張ると、炭火の赤外線によって閉じ込められた旨味が舌の上で盛大に弾け、香ばしい肉汁が口内に広がっていった。

シュラスコのソースは酸味が利いていて、食欲を増進させる。

シシカバブの羊肉特有の臭みは、野菜が緩和してくれて、いくらでも胃に入る。

これだけでも美味なのに、さらに外メシ効果が加わる。空の下で食べるだけで、抜群の調味料に感じられる効果のことだ。

胃は感情の臓器と呼ばれる。その場の雰囲気が味を増幅させる。祭りで食べる安っぽい焼きそばが、やけにおいしく感じるのと同じ理屈だ。

だから、そう。

もともとおいしい藍良の料理が、さらにおいしくなったら、もうヤバい。

缶ビールをあっという間に飲み干してしまった。

「くっ……ビールの時間が終わった。だがワインの時間が残ってる！」

「……さっくん、いつもはビールばかりなのに、めずらしくワインも買ってきたんだ」

「肌寒い春キャンプでは定番の、ホットワインを楽しむためにな！」

あらかじめ用意しておいたレモンとシナモンをワインに入れ、焚き火で温める。沸騰してきたところで蜂蜜を投入し、ホットワインの完成だ。

「次に作るキャンプご飯が、さっくんのワインに合えばいいんだけど」

下ごしらえの段階で、合うことは予測している。

しかも藍良は牧場仕立てのミルクとチーズを使ったのだから、確定したも同然だ。

「はい、お待たせ。チーズフォンデュよ」

シュラスコやシシカバブのほか、藍良は野菜巻き串も焼いていた。

大葉、ししとう、パプリカ、レタス、ニンジン、ミニトマト、スナップエンドウといった野菜を、豚バラやベーコンで巻いた串焼きだ。

炭火でとろとろに溶かしたチーズにからめ、楽しむことができる。

「最後に、クリームシチューよ。バゲットと一緒に楽しんでね」

搾りたてのミルクを使い、このシメの時間になるまで、ダッチオーブンでコトコトじっくりと煮込んだ絶品シチュー。

ホットワインもあっという間になくなったのは、言うまでもない。

「くっ……ワインの時間も終わった。だが最後に焼酎の時間が待っている！」

「焼酎も買ってきたんだ……」

「キャンプ場の水は、うまいからな。水割りを楽しもうと思って」

「お父さんも、房総の名水で割った焼酎をよく飲んでたけど。でもさっくん、それが最後のお酒なんだから、食後に取っておいたほうがいいよ？　まだデザートが残ってるしね」

藍良はイタズラっぽく言う。

「キャンプのデザートっていえば、焼きマシュマロよね。あの絶妙な口当たりの甘さは、焚き火料理でしか味わえないおいしさだもの」

「……藍良はもう、一人前のキャンパーどころか、熟練のキャンパーだな」

「そう？」

「特にキャンプ飯に関してはな。ぜんぜん失敗しないから」

「昔は、失敗ばかりだったよ」

藍良は懐かしそうに瞳を細める。

「食材を焦がしたり、逆に生焼けにしちゃったり。出汁を入れ忘れて、旨味ゼロの鍋を作っちゃったり……。お父さんはどれもおいしいって言って食べてくれたけど……だからよけいに、もっと上手になりたいって思うようになったんだ」

藍良を見ているとよくわかる。藍良が立派に育ったのは、祖父の教育の賜物だと。

俺は、冒険家の祖父を目指すだけじゃない。父親としての祖父もまた、見習いたい。

「さっくん。はい、あーん」

藍良が、チョコソースをからめた焼きマシュマロを差し出してきた。

父親として、藍良の好意を無下にはしたくないが……これはさすがに照れる。

「大丈夫。ちょうどいい温度になるまで冷ましたから、熱くないよ」

俺がためらっていると、藍良はとぼけたように言った。

藍良も恥ずかしがっているのに。頬を炭火のようなオレンジ色に染めているのだから。

ぐずぐずしていたらその分、おたがい羞恥が増す。俺は観念してかぶりついた。

「……どう？」

「おいしいよ」

「よかった……」

藍良は照れくさそうにしたあと、なにかに気づいて俺に近寄った。

「ほっぺにチョコソースがついちゃった……ごめんね。取ってあげる」

俺の頬にそっと指を添え、それから自然な仕草で、その指を自分の口に入れた。

「ンっ……甘い」

……ああ、そうだな。

今の行為が調味料になって、とんでもなく空気が甘い。

藍良もまた、自分からやったにもかかわらず頬を染めている。もはやオレンジ色を超え、リンゴのように赤い。

「…………」

「…………」

俺たちは目も合わせられず、そのまま無言の時間が過ぎていった。

網の上のマシュマロが焦げていると知ったのは、もう少しあとの話だ。

キャンプ飯の片付けは、陽が暮れる前に終わらせるのがベターだ。

炭火を処理し、炊事場でクッカーの洗い物も済ませると、景色は色を失った。

代わりに、新しい色が頭上に広がる。

夕焼け空が、満天の星空へと変わっていく、マジックアワー。

「わあ……星と月が、こんなに近い」

光害のないキャンプ場では、星明かりと月明かりの神秘的な光が街灯代わりになってくれる。

とはいえ、手元までは照らしてくれないので、俺たちはランタンを用意する。

藍良がアウトドアショップで選んだガスランタン。揺らぐ灯火を、花のつぼみのような曲線を描いたガラスに閉じ込めている。

明かりはもうひとつある。この時間は冷えるので、焚き火も続けている。

ふたり、ベンチで寄り添い、暖を取る。

「料理のための焚き火は、どこか贅沢な感じがするから……こうしてると、焚き火はやっぱり暖まるためにあるんだなって思う」

人がいつから火を使い始めたのか、最初に火を活用したのはなんのためなのか、まだ詳しくはわかっていない。

「でも、火に近づきすぎると危ないのよね。飛んだ火の粉で、服に穴が開いたり。下手したら、ヤケドしたり。だから、近すぎず遠すぎずの距離を保たないと」

だけど、と藍良は続ける。

「私たちは……寄り添ったって、大丈夫」

藍良は気持ち、俺に身体をあずけながら、ささやくように言葉を紡ぐ。

「薪がパチパチって、はぜて。火がゆらゆら、揺らめいて。いろんな色を見せてくれて……」

同じ焚き火は二度とないと言われる。炎の表情は、その瞬間だけのものだから。

「焚き火って、不思議ね……。見てるだけで、癒やされるっていうか……」

実際、焚き火には癒やし効果がある。炎の揺らめきや薪の弾ける音が脳に作用し、ストレスを軽減させてくれるらしい。

もしかしたら、人が最初に火を活用したのだって、癒やされるためかもしれない。

「さっくんと一緒に、こうしてるこの時間が……幸せだな……」

俺たちはとりとめのない会話を交わしながら、その合間の沈黙にも身をゆだねる。

無言でも苦にならない。

特別な言葉はいらないし、特別なことだってしなくていい。

「さっくん、お酒飲んでる」

……酒はまあ、特別だ。

「この時間のために取っておいた酒だからな。食後の一杯は、至福の一時だ」

藍良のためのコーヒーも、ちゃんと淹れている。

「私も、大人になったらお酒飲んでみたいな」

コーヒーでの乾杯だけじゃなく、酒での乾杯も交わせる日を、俺は心待ちにしていよう。

その頃の俺たちがどんな関係になっているのかは、誰にもわからないけれど。

「でも……私は大人になっても、ソロキャンプはしないと思う。キャンプするならやっぱり、さっくんと一緒がいいな」

藍良は立ち上がると、焚き火の明かりに浮かんだテントサイトをゆっくりと見回した。

「ギアの買い物に、ギアの選別、キャンプ場までの移動、サイトでの設置や配置、飾り付け……そして、キャンプご飯。全部がさっくんと一緒だったから……すごく楽しかった」

藍良はベンチに座り直し、隣の俺をそっと見つめたあと、目の前の焚き火に視線を戻した。

「私は……いつまでも、あなたとキャンプをしていたい。ずっと……家族として、ふたりで生きていきたい」

その家族とは、藍良にとっては、親子という意味じゃなくて。

「それが、私の夢……」

藍良の、将来の夢。

教師の俺だから、生徒と一緒に将来の夢を考える機会はある。

進路において、自分のやりたいことを生徒に見つけさせる指導法も、いちおうある。

過去、自分が夢中になったことはなにか？

最もお金や時間をかけてきたことはなにか？

苦労せずにできることはなにか？

絶対にやりたくないことはなにか？

そんなふうにひとつひとつ列挙させ、取捨選択をさせていって最後に残ったものが、その生徒にとっての進路——将来の夢になる。

……本当に？

なにか、腑に落ちない。

薄っぺらいと感じる。

夢って、こんなふうに理詰めで考えるものじゃない気がする。

たとえば俺は、なぜキャンプが好きなのか？

キッカケは、逃げたことだった。

中学生の頃、親が勉強しろとうるさいから、逃げるためにじいちゃんの家に遊びにいった。

じいちゃんと庭キャンプをするようになり、疎遠になったあとも、やっぱり勉強から逃げるためにひとりで河川敷キャンプをしていた。

だから俺は、キャンプが好きになった。

……本当に？

違うかもしれない。本当は、じいちゃんの家に住む藍良に会いにいく口実を作るために、キャンプが好きになったのかもしれない。

疎遠になってからも、藍良のことを思い出したくて、キャンプを続けていたのかもしれない。

わからない。そもそも正解があるのかすらわからない。

だからたぶん、こういうことだ。

なにかを好きになること、誰かを好きになることに、理由なんていらないのだと。

「藍良」

自然と言葉がこぼれ出た。

「俺の夢は、おまえのために、立派な父親になることだ」

藍良は表情を動かさず、俺の語りに耳をかたむけている。

「今はまだ、それで手いっぱいなんだ。俺はまだドングリだから、父親になる夢を叶えられるかどうかさえ、自信がないんだ」

普段なら言えない本音を語れるのも、きっと焚き火が持つ力。

「だけど、これだけは言える。俺も、藍良。家族として、こんなふうにキャンプをしたい」

将来に待っているであろう、冒険でも。藍良の秘宝を探す旅路の中でも。

「うん……ありがとう。私の気持ちに、正直に答えてくれて」

藍良の口調は、優しさばかりをたたえている。

「私は、私ひとりの夢を見たいんじゃない。さっくんの夢だって見たい。たとえ私の夢が叶わなかったとしても……あなたと一緒に、同じ夢を見ていきたいの」

夢は叶えるものじゃない、追い続けるものだと言ったのは、どの冒険家だっただろう？

俺の夢もまた、祖父を追いかけることだ。

そんな俺の大学時代の夢は、祖父のように自由に旅することだった。

だけど俺は、道半ばで事故に遭った。

その先には、旅の最後に寄りたかった、キャンパーにとっての憧れの地が待っていたのに。

「藍良。いつかふたりで、ウユニ塩湖を見にいこう」

鮮やかで艶やかな藍良の銀髪を彷彿とさせる、世界一の絶景と呼ばれるその世界。

雨季に訪れると、塩の大地に雨水がたまり、空一面を映し出す天空の鏡となる。

空と地上の境目がなくなり、夜には星空が足下に映し出され、星の上を歩けるのだという。

「ウユニ塩湖……。私も、お父さんから聞いたことがある」

俺がその地に憧れたのも、祖父の冒険譚を聞いたからだ。

「お父さんはウユニ塩湖で、結婚式に偶然出会したんだって。ウェディングドレスを着た花嫁の左の薬指に、花婿が騎士みたいにひざまずきながら、結婚指輪を通したそうよ」

かの地は、永遠の愛を誓う場所でも有名だ。

「永遠の愛……永遠の家族を誓うところ。プロポーズみたい……って、ううん。さっくんがそういう意味で言ってるんじゃないのは、わかってる」

藍良は吹っ切るように明るく言う。

「私もいつか、さっくんと一緒にウユニ塩湖を見てみたい。さっくん、約束ね？」

「ああ。約束だ」

「うん！」


消灯時間の二十二時が近づいていた。

焚き火を消す準備を始めないといけない。

水をかけるとよけいな煙が立ってしまうし、焚き火台も傷んでしまうので、自然に火が消えるまで待つのが基本だ。

だから本当は、消灯時間から逆算して、焚き火の薪を加減するべきだったのに。

もう一本、あと一本と、俺は憑かれたように薪をくべてしまう。

まだこうしていたい……。

いや、眠りにつきたくないんだ。

「さっくん……？　そろそろ焚き火、終わりにしないと……」

「……ああ。わかってる」

藍良まで付き合わせるわけにはいかない。すぐに消火したい場合は、火消し壺を使うしかないのだが、荷物が増えるので持ってきていない。

だが、ほかの物で代用することはできる。

「アルミホイルが使えるんだ？」

「これもひとつの、キャンプの知恵かな」

「さっくんのおかげで、今日はいろいろ勉強になったな。ありがとう」

勉強になったのは、俺も同じだ。藍良のおかげで、自分の本心を再確認できたのだ。

焚き火の後片付けを済ませ、テントに入って就寝の準備をする。

ランタンはＬＥＤのものを使う。ガスランタンだと火事の原因になるし、不完全燃焼による一酸化炭素中毒を招く恐れもある。

寝袋の下には、マットを敷く。マットは地面のデコボコや冷えを軽減してくれる。キャンプでの睡眠の質を左右するのは、寝心地と断熱性だ。

藍良は寝袋に入る前に、テント内に飾られたドリームキャッチャーを見上げた。

「今夜、いい夢を見られますように」

目を閉じて、手を合わせている。

……ドリームキャッチャーってネイティブ・アメリカンのお守りだし、神道や仏教とは違うと思うが、まあいいか。

藍良はドリームキャッチャーを取り外し、俺に手渡してくれた。俺がいつも抱いて寝ていると、藍良は思っている。

「さっくん、おやすみなさい」

「おやすみ、藍良」

俺たちは寝袋に包まり、ランタンの明かりをしぼる。完全な暗闇にしないのは、もし夜中にトイレで起きたときに困るからだ。

暗所恐怖症の俺としてもありがたい。

だが、そうは言っても眠れない。ドリームキャッチャーを抱いてもそれは変わらない。

家ではもっと明るいところで寝ているし、しかもテント内は狭い。閉所恐怖症でもある俺なので、興奮状態になり目が冴えてしまう。

まあ、想定の範囲内だ。

藍良には言っていなかったが、俺は最初から眠るつもりがなかった。

一晩徹夜しても大丈夫なくらいの体力はあるつもりだ。明日は、ラムネでも嚙んで寝不足の脳を無理やり覚醒させるとしよう。

だからこの時間にやるべきことは、俺がちゃんと眠ったと藍良に思ってもらうことだ。

そうして、どのくらい経っただろう。藍良の寝息は聞こえてこないが、身じろぎする音も聞こえない。

こっそりスマホの時計を見る。俺も藍良も、手足が出せる寝袋を使っている。そのほうがずっと便利だからだ。

時刻を確認すると、就寝から三十分が経過していた。さすがに藍良は寝ただろう。

俺は極力音を立てないよう気をつけながら、寝袋から抜け出す。

上着を羽織り、テントの外に出た。

「星と月が、ますます近く見えるな……」

どのテントサイトも明かりを消している。おかげで夜空がこんなにも明るい。

俺は設置したベンチに座りながら、しばらく星空を見上げていた。

「……寒っ」

夜風が冷たく、身震いする。太陽光と違い、星明かりや月明かりは熱がないのが残念だ。

消灯時間に焚き火はできないので、どうにか気を紛らわそうと、俺は意識をほかに向ける。

夜風の音。木の葉が揺れる音。

音を生み出す緑が、俺を見つめている。

なにかに見られているという感覚は、こちらから見るよりも鋭敏だ。

夢を見るとき、夢もまた自分を見ていると錯覚するのも、その証だろう。

だからだろうか……。

視線を感じた。背後に、人の気配を感じた。

……そうか。

いつだって、俺を一番見てくれているのは、おまえだもんな。

「藍良」

振り向いてスマホのライトを向けると、やはり藍良の姿があった。その手にはマフラーも見えた。

藍良がこのキャンプにマフラーを持ってきていたなんて、知らなかった。

いや、それよりも。

マフラーに今、どこからか雫が落ちた。雨とは違うその雫は、なかなか毛糸に染みこまず、丸く震えながら星の光を反射していた。

藍良は、泣いている……？

スマホのライトだけでは、よく確認できない。

「さっくん……」

確認する術がないまま、藍良は目元を軽く指で拭ったあと、問いかけてきた。

「眠れないの……？」

「……藍良こそ。俺がテントを出る音で、目が覚めたのか？」

「ううん……」

「じゃあトイレか？　ランタンを持っていったほうがいいぞ。スマホのライトでもいいけど。明かりがないと足下が見えにくい。テントのロープにつまずくといけないからな」

俺は早口で、そんなどうでもいいことを口走る。

「さっくんの……バカ」

藍良はそうつぶやくと、ベンチに座る俺に歩み寄り、正面に立った。

そして、手にしていたマフラーを俺の首に巻いた。

その優しい仕草は、焚き火のように暖かかった。

「……このマフラーは？」

「最近、編んでたの。さっくんに内緒で」

そういえば、なにを編んでいるのか藍良に聞いても、答えてもらえていなかった。

なぜ藍良は内緒にしていたのだろう。そもそもなぜ、マフラーを編んだのだろう。キャンプに持ってきた訳、このタイミングで俺に渡した理由。

そこまで考えて、ひとつの解答が浮かび上がった。

もしかしたら、藍良はとっくに気づいていたのかもしれない。

俺が、本当は恐怖症を克服していないこと……。

藍良は俺の隣に座った。なにを言うでもなく、それが自分の役目であるかのように。

「……藍良。寝なくていいのか？」

「さっくんが寝たら、寝るよ」

「…………」

「さっくんが眠れないのは、やっぱり……」

「そうじゃない。暗所や閉所が怖いわけじゃないんだ。寝袋が意外と暑くてさ、夜風に当たりたくなっただけだよ」

「……ウソつき」

そうだな。いつだって俺のウソは、おまえに通じないんだよな。

「焚き火をしてたときのさっくんは……素直だったのにな」

「今は焚き火ができないから、残念だったな」

「……勝ち誇るところがズレてる気がする」

「藍良、ほら」

巻いてもらったマフラーをほどき、片方の端を持って藍良の肩に渡す。

「おまえも……寒いだろ」

渡したマフラーを、藍良の首に巻く。

そうやって、ふたりで一緒にマフラーに包まった。

「これ……恋人みたい」

藍良は恥ずかしそうに微笑んだ。

これで、俺への心配が少しでも減ってくれるなら、ありがたい。

藍良の頭の心地よい重さを、肩に感じている。このぬくもりさえあれば、テントの中でも眠れる気がしてくる。

「……くしゅんっ」

かわいらしい藍良のくしゃみ。

「ご、ごめん。花粉のせいかな……あはは」

藍良は笑って誤魔化した。

この時間、マフラーだけでは冷たい外気を防げない。小刻みな震えが、絶えず藍良の身体から伝わってくる。

「藍良。そろそろテントに戻ろう」

「さっくんも？」

「俺はまだここにいるよ」

「じゃあ、私もここにいる。さっくんのそばにいる」

「……俺のことは気にするな」

「気にするに決まってるじゃない。だって私たち、家族なんだから」

俺にはもう、返す言葉が見つからなかった。

「さっくん。テントの中だったら、少しくらいランタンを明るくしても周囲の迷惑にならないよ。それでもさっくんが怖いなら、私が手をつなぐ。私が、さっくんを守る……絶対に」

家族からこうまで言われて、無下にできるやつなんて、この世に存在するんだろうか。

根負けした俺は、藍良と共にテントに戻った。

寝袋に入り直し、藍良に言われるまま手をつないで。

すると、なぜだろう。急激に眠気が襲ってきた。

恐れを抱く暇もないほどの安心感が、幸せな夢の世界へと俺を誘っていく。

同時に痛感する。

藍良がそばにいなければ眠れない自分は、果たして親として正常なのだろうかと。

この是非はいったい、どうやれば判断がつくのだろうかと。

そんな苦悩も、包み込むような藍良のぬくもりが、一緒くたに溶かしてくれた。

4章　空白のない世界を旅する物語

◎その1

翌朝は目覚まし時計の世話にはならず、日の出と共に目が覚めた。

身体（からだ）のリズムが文明社会から解放され、自然の営みのままにチューニングされていく感覚。整ったって感じだ。泊（と）まりキャンプの醍醐味（だいごみ）のひとつだろう。

「おはよう、さっくん」

藍良（あいら）もすでに起きている。

身支度（みじたく）も済ませていたようで、藍良（あいら）がテントの出入り口を開けると、昇（のぼ）ったばかりの太陽の光が冷えた空気に差し込んだ。

「今日もいい天気。ちょっと寒いけど、そのぶん焚（た）き火日和（びより）で、コーヒー日和（びより）ね」

藍良（あいら）はテントを出ていった。

焚き火をするなら、俺がそばについていてやらないと。寝袋を片付け、藍良のあとを追う。

キャンプ場の朝焼けは、暗闇という恐怖を乗り越えたご褒美じゃないかと感じるほど清々しい。

思った通り、藍良は焚き火台を設置していた。

「藍良。俺、顔洗ってくるから。まだ火をおこすんじゃないぞ」

「もう。過保護なんだから」

「保護者としてなにも間違ってないな」

ちょっと不満げな藍良を尻目に、伸びをしながら水場に向かう。

顔を洗い、寝癖を適当に整え、用足しも済ませて戻ってくる。

俺が見守る中、藍良はさっそく火をおこす。

「よかった、意外と早く火が点いてくれて」

芝生は朝露に濡れていたが、空気は乾いていて、薪にすぐ着火できた。

藍良は火吹き棒を使いながら、炎をうまく育てていく。森ガールの藍良は、炎を操るのだって動物を操るのと同じくらい筋がいい。

焚き火でお湯を沸かし、藍良が淹れてくれたコーヒーを飲んだ。澄んだ苦みが、暖と共に寝起きの身体に浸透していった。

「さっくん、食欲はどう？」

「普通にあるぞ」

「無理してない？　ちゃんと……眠れた？」

俺は、藍良の頭にぽんと手を載せる。

「藍良の朝ご飯、楽しみにしてたんだぞ。またキャンプ飯を作ってくれるんだろ？」

「……うん！」

藍良が作った朝食は、チーズ風味のポテトパンケーキだった。

材料はマッシュポテトの素、搾りたて牛乳、牧場特製のチーズと卵。

マッシュポテトの素があれば、ジャガイモから作らなくていい。牛乳とチーズと卵は、朝早くからでも開いている管理棟で購入できる。

荷物を少なくできるので、徒歩キャンプにオススメのメニューだ。

「うん。上手に焼けた！」

ホットサンドメーカーで両面をきつね色に焼き上げ、完成だ。

ふたりで出来立てのパンケーキを頬張る。

外側は香ばしいチーズでパリパリ、中身はマッシュポテトでホクホク、そして牛乳と卵を活かしたふんわりなめらかな口当たり。

「藍良は昨夜、焚き火料理が贅沢だって言ったけど。その気持ちがわかったかな。藍良のキャンプ飯を食べるためだけに、また泊まりキャンプに来たいくらいだ」

「さっくん、褒めてもなにも出ないよ？　お酒の一日の摂取量は増えないからね」

「そいつは残念だ」

朝食後、クッカーの洗い物をしてから、俺たちは軽く散策に出た。

その間に、朝露に濡れたテントやタープは乾くだろう。撤収作業はそのあとだ。

歩いていると、ほかのキャンパーと出会うことになる。あいさつを交わし、その流れで話に花を咲かせることもある。

車で来ている人、バイクで来ている人、遠くから飛行機で来ている人もいた。

「海外から来てる人までいるんだ……」

ここは有名なキャンプ場だし、成田空港から近いので外国人旅行客が利用しやすい。

だから藍良の風貌だって目立たない。よけいな注目を浴びることはない。

「ニャー」

そして、ジャーじゃなくてニャーと鳴く猫もいる。いつの間にやら、藍良の周囲に野良猫が集まっていた。

「おはよう、昨日のネコさん。また会ったね」

……藍良は、出会った猫をちゃんと覚えてるのか。俺なんか、車と同じでまったく判別できないのに。

一匹ずつ、優しく抱き寄せた藍良は、最後に名残惜しそうに手を振った。

「ばいばい。また会いに来るからね」

二度目の泊まりキャンプが確定したらしい。

それまでに俺は、テントの中でまともに眠れるようになれるのだろうか……。

「さっくん、ありがとね」

「……なにがだ？」

「私のために、このキャンプ場を選んでくれたから。動物が多いのも、海外の人が多いのも、きっと私を思ってのことだから」

「べつに、俺の行きつけのキャンプ場だから選んだだけだよ」

「ありがとね」

……違うと言っているというのに。

俺たちは散策の最後に売店に寄り、土産を買う。

牧場が売りなだけあり、アイスクリームやヨーグルト、チーズケーキ等がそろっている。

「ネコ缶も売ってる。ペットも楽しめるご当地グルメだって。トレくんに買ってあげなきゃ」

俺はまあ、和歌月先生を始めとする職場の仲間に買っていくか。

それと、いちおう彩葉にも。鳴海さんへの土産は藍良が選んでいるし、あとは……しょうがないから、祭里の分も選んでやるか。

でもあいつ、グルメだからな……。適当に選んだら文句を言われそうだ。好みは把握しているつもりなんだが、それでも吟味が必要になる。

「……さっくん、まだ悩んでる。すごい長時間。誰にあげるお土産？」

「鶴来先生っていう、俺が尊敬する上司への土産だから、下手な物は渡せないんだ」

「後ろ頭をかいたから、今のはウソで、本当は祭里さんへのお土産なのね」

ウソだったとしてもなんで祭里に限定するんだよ！　合ってるんだけどさ！

「この前、祭里さんからお土産もらったし、私もお返ししたいって思ってたの。さっくん、思う存分選んでね」

にっこり笑う藍良の圧力に押され、俺はただちに選んで会計を済ませた。

サイトに戻ると、テントとタープはしっかりと乾いていた。俺と藍良は協力してそれらを撤去し、丁寧にたたんでいく。

荷物をまとめ、ゴミの処理をし、チェックアウト。

俺たちは、一泊した牧場キャンプ場をあとにする。

「初めてのお泊まりキャンプ……楽しかった。思ってた以上に、楽しかった」

送迎バスを待ちながら、藍良は言う。

「さっくんは、どうだった？」

「楽しかったよ」

「よかった」

藍良は微笑んでくれた。

俺は、後ろ頭をかかなかった。だから今の言葉は、本当だ。間違いなく、本心なんだ。

送迎バスから電車に乗り換え、まっすぐ沢原には向かわずに少し道草をする。

目的地は、温泉テーマパーク。前にも言ったが、キャンプ帰りに温泉に寄るのは定番だ。

フロントで受付をし、荷物をあずけて、まずはレストランで昼食を取る。

「わっ、すごい。和食に洋食に中華に、メニューが多彩」

ファミレスならそんなのめずらしくもないだろうが、外食をほとんどしない藍良はメニュー表を見て驚いていた。

「そういえば、藍良って中華料理はあまり作らないよな。天津飯とかさ」

「天津飯の発祥は中国じゃなくて日本だから、和食になるんじゃないかな。天津の港から輸入した食材を使って作ったのが、始まりなんだって」

食に関しては、藍良のほうが地理の先生みたいだな……。

「中華料理は油を多く使うから、お父さんの身体を考えて控えてたんだ。それがクセになったのかも。さっくん、もっと中華料理を作って欲しい？」

「藍良が作ってくれるものならなんでもいい。どれもおいしいから」

「……そういう答えはダメだって、食材の買い出しのときに言わなかった？　なに作ればいいか、よけい迷っちゃうから」

そう言いながらも藍良は、どこか嬉しそうだった。


食後、俺たちは温泉を楽しむ。

レンタル水着もあるが、自前のものを持ってきている。水着は荷物にならないし、徒歩キャンプでも持ち運びが簡単だ。

男女別のロッカールームで着替えたあとに、俺たちは温水プールで落ち合うことにした。

プールサイドに出ると、ゴールデンウィークだけあって親子連れにカップルにと、なかなかの混みようだった。

藍良はまだ来ない。着替えに時間がかからない男の俺とは違うのだろう。

ここは温水プールのほかにもジェットバブル、ミストサウナ、露天風呂なんかの豊富な温泉が楽しめる。

休憩処として、リクライニングチェアやハンモックも用意されている。キャンプ帰りにくつろぐには最適だろう。

「さっくん……お待たせ」

藍良がようやくやって来た。

「遅くなっちゃった……ごめんね。水着着るの、慣れてなくて」

藍良は頬をほんのり朱に染めながら、腕を使って自分の身体をさりげなく隠している。

あの日、水着ショップで買った、露出の多いビキニ姿。

試着の際に目にしているが、たった一度だし、見慣れてはいない。いや、藍良の透き通るような肌に目を奪われないなんてとてもじゃないがあり得ない。

俺じゃなくとも、藍良の風貌は目を引く。男どもが例外なく見惚れている。いつナンパされてもおかしくない。

……この苛立ちはなんだろう。親が娘を嫁にやる心境とも違う気がする。

俺は、藍良の手を取った。強引になったかもしれない。

「さ、さっくん？」

虫除けとして、親子のように振る舞おう。べつに恋人としてじゃない。

いつまでもここに立っていると、藍良の水着姿が男どもの餌食になってしまうので、俺は藍良の手を引いて温水プールに入ろうとした。

「ま、待ってて っ」

藍良は慌てながら、俺の手を逆に引っ張った。

「きゃっ」

その反動で、濡れているプールサイドで足をすべらせた。

「……っと、あぶない」

倒れそうになった藍良を、俺はとっさに抱き寄せた。

藍良は俺の胸に手をつきながら、何度もまばたきしている。

「ご……ごめん……」

「……俺のほうこそ。いきなり手を引いて、悪かった」

肌と肌が、直に触れあっている。

藍良とはアクシデントで触れあうことはあったが、どれも服越しだった。ここまで藍良の肌をダイレクトに感じるのは、初めてだ。

顔がみるみる熱くなる……。

藍良の顔も、すっかり真っ赤だ。

「……藍良。ケガはないか？」

「う、うん……平気……」

藍良はゆっくりと離れ、耳まで赤い顔をうつむかせる。

「……さっくん、急に歩き出すから、驚いちゃった」

「ほんと、悪い。プールに入ろうと思って」

「その前に、準備運動しないと」

「……え？」

「プールに入る前には、必須でしょ？」

いや……ここは温水プールという名の温泉なんだが。

でもまあ、マジメな藍良らしい。俺たちは周囲の邪魔にならないよう隅に移動して、準備運動を始めた。

屈伸すると藍良の胸が揺れるので、俺は視線を逸らすしかなかった。

準備運動を終えた俺たちは、晴れて温水プールに入る。

「ンっ……な、なんか、泡がくすぐったい」

ジェットバブルを受けた藍良の感想だ。

「ンんっ……さ、さっくんはどう？」

「ちょっとくすぐったいけど、気持ちいいぞ」

「そ、そうなんだ……」

藍良はぶるぶる震えながら、俺の隣で律儀にバブルに耐えていた。

若いほうが、刺激に対して敏感だと言われる。だったら、さもありなんだ。俺もまだ二十代だってのに、なんか悲しくなるけど。

その後も、藍良と一緒に温泉テーマパークを巡った。ナンパ防止で、俺は藍良のそばから一時も離れなかった。

そうやって、キャンプの疲れを癒やす。身体の疲れだけじゃなく、精神的な疲れも。

どうしても頭をもたげる、この悩み。

恐怖症を克服できない俺は、藍良と同じ夢を見ることができるのだろうか。

同じ夢を見る資格があるのだろうか、と。

「……さっくん」

藍良は温泉に浸かりながら、俺の背中に寄り添ってきた。

腕を回して。抱きついていると言ったほうが正しいかもしれない。

家でもよくやられていた。主に仕事中に。日常的と言ってもいいほど頻繁だった。

このぬくもりは、いつしか日常の象徴となり、安心感へと昇華していた。

だから、だろうか。

藍良がそばにいると、恐怖症の症状が出ないのは。

「……藍良。なにしてるんだ」

「さっくんが、寒そうだったから。こうしていれば……寒くないよ」

「温泉入ってるのに、寒いわけないだろ……」

「うん……そうね」

藍良の、温泉の湯よりも熱い体温を、背中や首筋に感じている。

「寒かったのは……私のほうかもね」

藍良はそう言うと、俺から離れた。

ぬくもりが遠ざかり、否応なしに喪失感に襲われる。

「……のど渇いちゃった」

藍良は逃げるように温泉から上がると、水飲み場に向かっていった。

だが俺の視線も意識も、藍良から離れない。ナンパ防止とか、そんな理由付けも超えて。

……そうなんだな。

なにかを好きになること、誰かを好きになることに、理由なんていらないのだとしたら。

俺が、親子の関係を越えて藍良に恋をすることだって、ありうる未来なのかもしれない。


俺たちは帰宅した。

ギアを倉庫に片付ける。億劫だが、この作業を終えるまでがキャンプだ。使ったままのギアを雑に放置していると、劣化の原因になってしまう。

片付けはギアの選別と違い、やることがはっきりしている。それを淡々と、黙々とこなしていくのは嫌いじゃない。

迷うことがなく、悩むことがなく、頭を空っぽにできるからだ。

藍良を、妙に意識することもなくなるのだ。

片付けを終えて自室に戻ると、スマホが鳴った。

電話をかけてきたのは祭里だった。

「なんだよ……」

『こっちこそ、その淡泊な反応になんだよって言いたいんだけど。私からの電話なんだから嬉しそうにしてよね！』

「……はいはい。嬉しい嬉しい。じゃあ電話切るぞ」

『わっ、待ってってば。今、立て込んでる？　そうじゃないなら、なにか悩み事とか？』

「べつに悩み事なんかねえよ」

『つまり悩み事があるんだね。時間あるなら、お姉さんが聞いてあげるよ？』

誰がお姉さんだ、と突っ込んだら不毛な問答が始まるので、俺は代わりにため息をつく。

「……祭里。おまえの用件は、俺の悩み事を聞くことなのか？」

『一番の用件は、さっくんの声を聞くことだよ。それだけで幸せだもん』

「…………」

『照れてる？』

「照れてない」

『つまり照れてるんだね～』

くっ、俺をツンデレ扱いしやがって。

「……ていうか、そっちこそ電話してる時間あるのか？」

ゴールデンウィークは、祭里が勤める旅行会社にとっては繁忙期だ。

「時間的に、まだ就業時間だろ？」

『うん。さっきまでお客様の対応に追われてたけど、今は休憩中だから』

「だったら電話なんかしてないで、ちゃんと休んでくれ」

『さっくんの声聞くと、元気が出るから。私にとって、一番の癒やしだから』

「………」

『すぐ照れるんだから～』

　くっ、なにも反応しなかったのに。

『さっくんの悩みって、藍良さんのことだよね？　思いつくのって、それくらいしかないもん』

　俺はもう一度、ため息をついた。

「……そうだよ。昨日今日と、藍良と泊まりキャンプにいってたんだけどさ」

『知ってるよ、流梨から聞いてたから。流梨は藍良さんから聞いたみたいだね。だから私も、このタイミングでさっくんに電話かけたんだよ』

　……俺たちがキャンプから帰る時間を見計らって電話してきたのか。

『さっくん……テントの中で、ちゃんと眠れた？』

「………」

『……ごめん。よけいなこと聞いて』

「いや……気にするな」

恐怖症を患っている俺を、祭里が心配してくれるのはありがたい。だが現状では、祭里に頼ったところでどうしようもない。

『さっくん。藍良さんとはどうだった？』

「……どうって？」

『キャンプでなにか進展したのかなって』

「進展って……親子関係のことか？」

『恋人関係のことだよ』

俺は、言葉を詰まらせる。

『さっくんは、藍良さんの親代わりになりたいんだろうけど。でも藍良さんは、さっくんの恋人になりたいんだよね。さっくんも、そのことはわかってるんだよね』

「……だとしても、藍良はまだ子どもだ。十代の半分を過ぎたばかりのな。文字通り、本当の子どもなんだよ」

『藍良さんのことは、自分の子どもとしてしか見ることができないって？　女としては見ることができないって言いたいの？』

「いや」

藍良との触れあいで、俺は何度も異性として意識させられている。

「俺はたしかに、藍良を女として見ることがある。だけど、それは許されないと思う。まだ未熟な子ども相手に、大人がそういう関係を求めるのは、違う気がする。恋人ってのは対等な関係を指すもんだろ？　今のこの環境じゃあ、フェアじゃない気がするんだよ」

『環境って……さっくんが親代わりになってること？』

「いいや。俺が、藍良がいないとまともに眠れない、クソみたいな体質になってることだよ」

『……………』

「今の俺は、藍良がいないと恐怖症を克服できない。子どもに対して無理やり癒やしを求める、毒親みたいになってるんだよ。これって虐待となにが違うんだ？　なにも違わないだろ」

『さっくんは……』

祭里は、ためらいつつも二の句を継いだ。

『さっくんは、今の自分が許せないって、そう思ってるんだね』

「ああ。そうだよ」

『さっくんは今の自分が、嫌っているご両親と同じだって、そう思ってるんだね』

「……………」

『大人って、汚いよね。建前ばかりだし。世間体ばかり気にするし。自分が傷つかないように立ち回ってばかりだし……私も、さっくんに対してそういうとこあったと思うし』

祭里は、悔しそうな口振りで続ける。

『そういう大人の嫌なところ見てたら、疲れるよね。もっと純粋で綺麗で、まっすぐな子どもを見たくなるよね。そんな子どもに癒やされたいって思うのも、無理ないんだよね』

「……だけど俺は、そんな自分が許せないんだ」

『私は、そんなよけいなお世話をしてるさっくんが、許せないよ』

え……？

『さっくん、あまり女をなめないで。子どもだからって、侮らないで。いくら年齢的に子どもでも、れっきとした女なんだよ』

祭里は強い口調で責め立てる。

『子どもだって、子どもなりに考えてることがあるんだよ。もしかしたら、大人よりも。それが女なら、なおさらだよ。女は男よりもずっと成長が早いんだから』

教育現場でも、そのようなことは言われる。

男子生徒よりも女子生徒のほうが大人びているものだ。それは、身体の変化や発育が女子のほうが目に見えてわかりやすく、それが精神性にも影響していると考えられているからだ。

『さっくんは、藍良さんに癒やされてるんだろうけど。その逆だってあったんじゃない？　藍良さんに癒やされるどころか、悩まされることもたくさんあったんじゃない？　今だって、藍良さんについての悩みを私に話してるんだしさ』

「…………」

『だったら、ふたりは対等になれるよ。さっくんは、藍良さんと恋愛ができるよ』

俺は、努めて冷静に答える。

「おまえは……それでいいのかよ」

『いいよ』

迷いもなにもない即答。

「……祭里。俺は、藍良のことが好きだ。でもこれは、家族愛だ。恋愛じゃない」

『さっくんはさ、どういう気持ちになったら恋愛、とか頭で考えすぎなんじゃない？』

「…………」

『恋愛って理屈じゃないじゃん。よくわからないけど気がついたらあの人のことばかり考えてるとか、そういうのが恋愛の王道じゃん。頭で理解ができなくたって、心が勝手に判断してくれるんだからさ。やっぱりさっくんは、素直じゃないツンデレってことかな』

俺は、言葉を返せないでいる……。

『人間の最大の悪はなにか、それは「鈍感」である。私が大好きな、プロ野球の名監督だった人の言葉だよ。だけど私なりに、ここに付け足そうかな。「鈍感」よりも悪いのはなにか、それは「鈍感のフリ」であるってね』

責めるようだった祭里の口振りは、いつしか優しいものに変わっていた。

『そういえば、さっくんから聞かされた「汝の足下を掘れ、そこに泉あり」だけど。ググってわかったんだけど、灯台下暗しって意味だったんだね。おたがい、大切なものを見落としてたんだね。過去の私も、過去のさっくんも。だから……大切なものからはもう逃げないって決めた今の私は、さっくんを応援するよ』

俺はようやく、言葉を返した。それはさっきと同じ言葉、念押しだった。

「おまえは……それでいいのかよ」

『いいよ』

祭里の返答もまた、なにも変わらなくて。

『さっくんが幸せになってくれれば、なんでもいいよ。だってそれが、恋ってやつじゃん。恋愛って自分のためじゃなくて、好きになった人のためにするものだと思うからさ』

「…………」

『過去に過ちを犯してたって……結局私たちは、今を生きてるんだもん。だから今のさっくんが幸せなら、私も幸せだよ。今の私もやっぱり、さっくんのことが好きなんだから』

俺が我に返ったとき、祭里の電話はとっくに切れていた。

それでも俺は、長い間、スマホを耳に当てていた。

◎その2

藍良は、今夜は早めに休むだろう。

俺もそうするつもりだが、日課として、寝る前に祖父の足跡を勉強する。祖父の蔵書に目を通していく。

祖父は、冒険業の界隈では有名人だった。祖父の名が世間に広まったのは海外でのボランティア活動がキッカケで、そのような経緯で冒険家になったのはめずらしかったからだ。

祖父にはスポンサーがつくようになり、旅の記録を写真集や書籍として出版するようにもなって、その名はますます広まることになった。

前人未踏の記録を打ち立てるような、派手な功績はなかったが、祖父の冒険は多くの人の記憶に残ることになっただろう。

影響を受け、祖父のようになりたいと思う人もいたはずだ。俺や、祖父のファンらしき泉水天晴もまた、そのひとりだ。

じゃあ、祖父自身はどうだろう。

祖父は、自身の冒険でなにを得たのだろう？

藍良という家族を得たのは知っているが、祖父はもともと、それを理由に冒険を始めたわけじゃない。最初の動機は、あくまで海外ボランティアだ。

その活動は、なぜ祖父を、冒険の道へと駆り立てたのだろう？

著書の一節には、こうあった。

『私は多くの人を助けてきたのだと、周囲から言われることがある。危険な地域に足を運ぶことに、勇敢だと言われることもある。しかし私は、自分が勇敢だと思えるようなことはなにもしていないのだ。いつだって、心と身体が勝手に動いたに過ぎないのだから』

本心かどうかはわからない。祖父には格好つけなところがあった。

過去、祖父に直接尋ねたときは、こう言っていた。

『ワシはボランティア活動を続けていくうちに、冒険家として秘宝を見つけたくなったんだ』

『意味がわからないなら、それでいい』

『だがな、ドングリ。この世界にはわからないこともあるということを、わかって欲しい』

『わからないということは、理解の起点であって、終点ではない』

『わかり合えないということではないんだ』

『理解というのは、理解できないものの存在を認めることで、ようやく始まるのだからな』

もしかしたら、と思う。

祖父は俺を通して、冒険業という職業を理解しようとしない親族を見ていたのだろうかと。

(……じいちゃん。冒険って結局、なんなんだろうな)

歴史的に言えば、冒険というのは世界史を塗り替えるような偉業を指す。

前人未踏の地の踏査、新たな航路や空路の発見、未知なる民族や生物や遺跡との遭遇、それらを後世に残る記録として持ち帰ること。

過去の偉大な冒険家の功績により、世界の文化や経済は発展してきた。

だが現在は、その限りじゃない。

かつて世界最大級の挑戦と謳われたエベレスト登山は、今ではただのアトラクションと化している。熟練のガイドに相応の金さえ払えば、素人ですら頂上を目指せる時代だ。

ほかにも極地の象徴だった北極点や南極点の観光ツアーだって存在するし、秘境の象徴だった砂漠やジャングルだって似たようなものだ。

つまり現代では、冒険という言葉の意味自体が変わってきている。無謀な挑戦でしかないと、揶揄するために用いられることすらある。

じゃあ、俺の夢はどうだろう。

藍良の夢はどうだろう。

ふたりで同じ夢を見ること——その冒険は、無謀な挑戦なのだろうか？

「…………」

目を通していた祖父の蔵書に、こんな言葉が載っていた。

『昨日の夢は、今日の希望であり、明日の現実である』

アメリカの有名な発明家の言葉らしい。

「俺の夢は……」

過去の俺の夢は、祖父のような冒険家になることだった。

そして今の俺の夢は、藍良の父親になることだ。

そのために、ふたりで世界を冒険することだ。

『愚者は経験に学び、賢者は歴史に学ぶ』

これも祖父の蔵書に載っていた、ドイツの有名な政治家の言葉だ。

『過去に過ちを犯してたって……結局私たちは、今を生きてるんだもん。だから今のさっくんが幸せなら、私も幸せだよ。今の私もやっぱり、さっくんのことが好きなんだから』

なぜだろう。

祭里の言葉が、どんな偉人の格言よりも心に刺さる。

「俺は……」

俺は、祭里が好きだ。

たぶん今でも、好きなんだ。

だけどそれと同じくらい、もしかしたらそれ以上に、今の俺は藍良の幸せを願っている。

『恋愛って理屈じゃないじゃん。よくわからないけど気がついたらあの人のことばかり考えてるとか、そういうのが恋愛の王道じゃん。頭で理解ができなくたって、心が勝手に判断してくれるんだからさ』

俺はさ、祭里。

おまえのことよりも、藍良のことを考えてる。藍良のことばかり考えてる。

それが恋愛かどうかはやっぱり判断がつかないけれど、これだけははっきりしてる。

俺は、夢を諦めたくない。

おまえと同じで、大切なものから、もう逃げたくない。

夢を見るとき、夢もまた自分を見ていても、俺はもうその夢に負けるつもりはない。

だからこそ。

中途半端な今の俺では、藍良の気持ちに応えることなど、できはしないんだよ。


俺にとっての夜の日課は、もうひとつある。

それは、暗所かつ閉所で眠る訓練をすること。

これまでずっと、続けてきた。

泊まりキャンプが近づいてくると、自室ではなく、庭にテントを張っていた。

藍良が寝静まったのを見計らい、俺はヘッドライトを駆使してテントを組み立て、怯える身を叱咤しながら、暗くて狭い空間に足を踏み入れていた。

そして、パニックになる寸前まで我慢し、最後にはテントから外へと這うように逃げ出していた。

そのたびにもうやめよう、どうにもならないことは忘れることが幸福なのだからと、自分に言い聞かせてみても。

肝心の泊まりキャンプだって、結局は失敗に終わったというのに。

俺は今夜も、倉庫に片付けたばかりのテントを手に、庭に向かっていた。

「……雨か」

いつしか星空は、雲に隠れていた。ぽつりぽつりと水滴を落とし始める。

俺はテントを濡らしてしまう前に、倉庫に引き返した。

倉庫の屋根をたたく雨の音はそれほど強くないが、スマホで予報を確認すると、明日の朝まで降り続くらしい。

この天気では、テントで眠る訓練をするのは無理だ。今夜は諦めるしかない。

ホッとした自分に、目まいを覚えるほど腹が立つ……。

「……………」

倉庫の出入り口から見える、うら寂しい庭は、冷たい雨に打たれ続けている。

鳴海さんが言っていた。庭とは、家の環境を表すのだと。

今のこの庭は、俺の心を表しているかもな……。

「……………」

俺は、家には戻らず、町に出た。

雨に濡れながら。

星明かりはなく、ただでさえまばらな住宅の窓にも明かりは見えない。街灯のおかげで道は暗くはないが、この町は田舎なので、街灯と街灯の間は離れている。

光が差さない、完全な闇は、至るところに存在する。

俺の恐怖症は、眠ろうとする際に重症化するが、それ以外だって恐怖がゼロになるわけじゃない。こうして夜の街を歩くのも、暗闇に耐える訓練になるだろう。

街灯の下に立つと、降り続く雨が地面にまだら模様を作っていた。この模様も、すぐになんの変哲もない濡れた道路と化すだろう。

雨は嫌いじゃない。緑を色濃くさせるから。

だが、夜の雨は嫌いだ。緑ではなく、暗闇を色濃くさせるから。

俺は恐怖を無理やり抑え込み、街灯の明かりから抜け出して、闇の中を早足で歩く。

視界には黒しか映らない。

近景も遠景もあったもんじゃない。遠近感を剝ぎ取られた感覚。

宇宙空間にでも放り出されたような焦心に、身も心も押しつぶされそうになる。

聞こえるのは、雨の音と。

雨と一緒に速くなっていく、息の音。

それらを聞いて、自分はまだ生きているのだと知る。

この切望に近い安堵を頼りに、次の街灯まで歩いていく。

「はあっ、はあっ……」

どうにか街灯の下にたどり着いた。

眠る訓練に比べれば、息は上がっていない。少し休憩すれば、俺の足はまた動いてくれる。

そうして幾度となく繰り返していると、小野川に出た。

俺は街灯をたどって小野川沿いを歩き、橋を渡って、向こう岸も同じように歩いていく。

雨足は次第に強くなっていた。暗くてよく見えないが、川面には雨の波紋が敷き詰められているだろう。

雨は俺の服にも染みこんでいる。肌に張りついて不快だ。靴の中からも似たような感触が伝わってくる。

藍良との泊まりキャンプでも雨は降った。だけど、あのときはこんな気持ちにならなかった。

今はこんなにも気分が悪く、冷たくて、そして痛い。

「ああ……そうか」

なにかに似ている気持ちだと感じていたが、これは実家の空気だった。

その空気から逃げるため、俺は河川敷で家出キャンプをしていた。

誰もいない世界に行きたかった。人の声なんか一言も聞きたくなかった。代わりに、俺を傷つけない自然のひとつひとつに耳をかたむけたかった。

川のせせらぎ、風のささやき。

草葉が芽吹く春の声、緑が濃くなる夏の声、紅葉が積もる秋の声、星空が輝く冬の声。

自然に身を投じることで得る、魂の浄化。
その頃の俺は、テントの中で、たしかにそんな心地よさを得ることができていた。
「なのに……テントを恐れる今の俺は、その逆か」
これは罰なのかもしれないな。
逃げていたツケが、こうして回ってきたのかもしれないな。
「……」
雨が降る。
涙は流れていなくても、心に雨が降っている。
ざあざあと、耳鳴りのような音が続いている。
ああ、早く。街灯の下に行かないと。明るいところに逃げ込まないと。
恐怖症に耐えきれなくなった精神が、ざあざあと悲鳴を上げているのだから……。
（……え？）
そのとき。
俺の視界に、明かりが生まれた。
小野川の対岸に、その明かりによって浮かび上がる、人影が見えた。
「藍良……」
藍良が、片方の手で傘を差し、もう片方の手でランタンを提げていた。

泊まりキャンプでも使った、花のつぼみの形をしたガスランタン。

なんでだよ。

なんでおまえは、俺がそばにいて欲しいと思ったときに、必ず来てくれるんだよ……。

「さっくん……」

藍良の声が、雨越しに聞こえる。

小野川の川幅は狭い。雨音がうるさいとはいえ、言葉を交わすことはできる。

「待ってて。すぐそっちに行くから」

心配そうな声。その優しさが、俺の傷をえぐる。

藍良が俺のところに来るには橋を渡るしかない。だが、ここからだと橋は遠い。

「……藍良、先に家に帰ってろ。俺もすぐに戻るから」

「ウソつき」

藍良はなにを思ってか、差していた傘をたたんだ。

俺と同じように雨に打たれる。

ランタンの明かりに浮かび上がる藍良の姿が、みるみる濡れていく……。

「なにやってんだっ、早く傘を差せ!」

藍良は動じない。

雨にさらされたランタンの火は、消えそうで、消えていない。

「さっくん。私、知ってたんだ」

藍良は、雨など忘れたように言葉を続ける。

「さっくんが、毎晩のように恐怖症を克服しようとしてたこと。そのために、努力してたこと。ひとりで……私にはなにも言わず、たったひとりでがんばってたこと」

「…………」

「だから私は、今、こうしてるのよ」

藍良が、俺と一緒に雨に打たれること。

俺と同じ痛みを感じるということ……。

「私は、さっくんと同じ夢を見たい。たとえそれが悪夢だとしても……同じ夢を見たい。さっくんの苦しみだって、一緒に分かち合いたいの」

雨が降る。

藍良が涙を流している。

暗闇に隠れていてさえも、雨とは違うその雫が俺には見えた気がした。

「私、言ったじゃない。たとえ親だって、子どもに頼っていいんだって」

それは、あの日の言葉。

俺と藍良が、本当の意味で家族になれたのだと、初めて実感できた日の言葉。

『子どもが親に悩み事を話すだけじゃなくて……親が子どもに悩み事を話したっていいじゃな

い……。私たち、約束したじゃない……一緒に冒険の旅に出ようって』

「さっくんは……忘れたの？」

「……忘れるわけがない」

俺は一度だって、藍良との約束を忘れたことはない。

ただ、鈍感のフリをしていただけで……。

「だったら、なんで私に頼ってくれないの？　なんで私を遠ざけるの？　なんでさっくんはたったひとりで苦しもうとするの？　私たち、家族なのに……！」

「……藍良。俺は、おまえに頼ってる。だからこそ俺は、頼るわけにはいかない。おまえに頼っているからこそ、頼ることが許されないんだ」

「わからない……さっくんが言いたいこと、ぜんぜんわかんない！」

藍良は瞳をぎゅっとつむり、耐えきれないとばかりに叫んだ。

雨と一緒に流れる涙が、ますます量を増したように見えた。

「藍良も、気づいてるんだよな。俺が、本当は恐怖症を克服できていないこと。ひとりじゃ、まともに眠れないこと。藍良がいないと、眠れないこと」

「さっくんは……私がいれば、ちゃんと眠れる？」

「眠れるよ」

「だったら、それでいいじゃない。私はずっと、さっくんのそばにいる。さっくんはこれ以上、苦しまなくて済む。なにも問題ないじゃない！」

「あるんだよ」

俺は、力なく首を振る。

「俺の夢は、藍良の父親になること。藍良の夢は、俺の嫁になること。このふたつの夢を一緒に叶えるということは、ふたりで冒険に出ることだ。藍良の出自を見つけて、この国で家族になるための権利を得るということだ。藍良……おまえも、わかっているはずじゃないか」

「そうよ、わかってる。私はさっくんと一緒に冒険したい。家族になるために、冒険のパートナーになりたい。家族の形が違ったとしても、私たちの夢は同じだもの……！」

「でもな、俺の恐怖症は、冒険に出るには致命的なハンデになる。俺たちがいくら冒険のパートナーだからって、いつも一緒にいられるわけじゃない。ひとりで眠るケースだって必ず訪れる。恐怖症を抱えたままだったら、そこで俺たちの冒険は終わりになってしまうんだ」

「だったら、そんなことにならないよう、気をつければいい！」

「無理に回避してばかりいたら、俺たちは自由に旅ができない。それはもう、冒険とは呼べない。ただの旅行だ。俺のせいで、藍良の出自を見つけられないかもしれないんだよ」

「それでもいい！」

語気を強める藍良の声量は、これまでで一番だった。

「さっくんが苦しむくらいなら……！」

ああ、そうだよな。

続く言葉は、夢を諦める、だよな。

俺が苦しむくらいなら、私は夢を諦めたっていい、だよな……。

「藍良。そう言われると思ったから、俺は藍良を頼らなかったんだよ」

雨が降る。

たぶん、今の俺も、実際に涙を流して泣いている。

「俺の夢は……藍良。おまえと一緒に冒険に出ることなんだ。なのにおまえが諦めちまったらさ、俺の夢が叶わない。だから俺は、ひとりでこの恐怖症を克服したかったんだよ」

俺がなにより許せないのは、藍良が俺のせいで自分の夢を諦めてしまうことなのだから。

「……さっくん」

藍良の瞳は揺れていない。

まっすぐに俺を見つめるその眼差しには、力がある。

藍良はもう、泣いていない……？

「私は、夢を諦めるだなんて、言わないわ」

その声にも、弱々しさのカケラもない。

「さっくんが苦しむくらいなら、私は出自を見つけられなくてもいい。だけど、夢は諦めない。私はほかの方法で、さっくんのお嫁さんになる。この国の法律が許さないのなら、その法律を変える。それができないのなら、さっくんを連れてこの国を出る。さっくんがこの国を離れたくないのなら、私はまたべつの方法を考える。なにをやっても失敗して、挫折して立ち止まって、夢じゃなくて悪夢になったとしても、諦めることだけは絶対にしない。私は冒険し続ける。それくらいの覚悟がなきゃ、私はさっくんにこの夢を語ってない……！」

圧倒される。

まるで子どもの言い分なのに。向こう見ずな幼心でしかないのに。

誰しも、大人になれば、残酷な社会から身を守るための鎧をまとう。

だけど子どもは、大人とは違って、傷つくことを恐れない。

だからこそ、俺が失いかけていたなにかを、藍良は持っている。

「さっくんは、恐怖症を克服するために苦しんでいるのを、私に知られたくなかった。私が傷ついて、夢を諦めると思ったから。だけど私は、夢を諦めない。私は、傷ついたっていい。私は、さっくんと一緒に苦しみながら、さっくんが恐怖症に打ち勝つのを手伝いたいの」

それが、同じ夢を見るということ。

悪夢だとしても、同じ夢を追いかけるということ。

どうにもならないことは、忘れることが幸福だけれど。

どうにもならないと決めつけ、忘れようとしてしまったら、それはきっと不幸なことだ。

（……そうか）

理解した。

俺が、失いかけていたもの。

熱だ。

こんな雨などものともしない、夢を叶えるための情熱だ。

藍良を頼り、そのせいで藍良を傷つけるかもしれない恐怖──それらと戦う情熱と覚悟、
決して逃げないという勇気。

大人って、なんで子どもの頃には持っていた、無鉄砲な勇気を忘れるんだろう。

だから冒険家に惹かれるのかもしれないな。

無謀な挑戦を生きがいとする、子どものような冒険家に。

「俺は結局……以前と同じ失敗を繰り返していたんだな」

藍良を傷つける勇気がなかったから、藍良に頼らないという、同じ失敗を繰り返していた。

その道は冒険で、だからきっと失敗もあって。

たくさん挫折して。たくさん後悔して。

その夢を、悪夢と思うこともあって。

だけど。

「さっくん。あなたが何度立ち止まっても、私が手を引く。何度だってあなたに言うわ。あなたの悪夢を、私にも見せて欲しいって。一緒に冒険しようって」

だからね、と藍良は微笑んで。

「眠る練習だって、ひとりでやらないで。私にも手伝わせて。さっくんが失敗したって、私は責めない。だけど、慰めることもしない。だって、そうでしょ？　あなたの健康にはずっと厳しかった私だもの。私が傷つくとか、そんな心配してる暇はないと思うよ」

俺も笑った。藍良と一緒に、笑った。

「さっくん。ふたりで一緒に歩いていこう。この冒険の道を歩いていこう」

俺はきっと、これからも同じ後悔を繰り返すだろう。

藍良がいないと眠れない自分が許せなくなる日もあるだろう。

そもそも、そう簡単に恐怖症が治るのなら、俺は今日まで苦しんでいない。

俺は焦っていたんだろう。そのせいで空回りしていたんだろう。

それでも、藍良と一緒なら、なにがあってもこの夢に立ち戻ることができる。

失敗しても、挫折して立ち止まっても、俺たちの見る夢は変わらないのだから。


帰り道。

藍良と相合い傘をして歩いている途中で、雨が上がった。

雲が晴れ、夜空には星が瞬いた。

天気予報は外れた。未来は誰にもわからないとでも告げるように。

「星月夜……」

藍良が、星空を見上げながらつぶやいた。

星月夜とは、星の光が月のように明るい夜を指す。

「なんだか、今の私たちみたいね」

明るい月が見えず、小さな輝きの星しかなくても、それは無数にある。

それらを足せば、月にも勝る光になる。

そう。歴史上、たったひとりで夢を叶えた者はいない。

多くの助けがあって初めて、人は成功を収めることができる。

まったく。地理だけじゃなく、歴史の教師でもある俺なのに、ど忘れしていたよ。

『汝の足下を掘れ、そこに泉あり』

祭里。俺たち大人は本当に、大切なものに気づかなくなるんだな。

帰宅し、俺たちは濡れた服を着替える。

藍良にシャワーを勧めると、俺のほうが先だと言ってゆずらなかった。雨に打たれていた時間が長いのは、たしかに俺のほうだ。

押し問答している時間ももったいないので、俺はバスルームに入った。

シャワーの熱い湯が、冷えた肌に少し痛く感じたが、悪い気分じゃなかった。俺の心も、雨と同じく晴れてくれたらしい。

シャワーから上がり、藍良にゆずった。それから俺は、自室で藍良を待つ。藍良が言うには、今夜からさっそく眠る訓練に付き合ってくれるそうだ。

……でも、どうやって？　俺が暗闇に耐えられた時間を、ストップウォッチで計ってくれるとか？　想像すると、間抜けな絵にしかならないんだが。

「さっくん、お待たせ」

ノックのあと、藍良が部屋に入ってきた。

パジャマ姿ではなく、下着姿で。

なぜに⁉　という疑問は声にならなかった。それだけ意表を突かれたからだ。

藍良らしい、清楚で控えめなデザインの下着。

水着姿よりも扇情的に見える、瑞々しい肌。ふくらんだバスト。くびれたウエスト。丸みを帯びたヒップ。

それら身体のラインが、天井のシーリングライトにくっきりと照らされている。

藍良は隠す素振りすら見せない。

俺の全身が、シャワーを浴びている最中よりも熱くなる。

きっと、藍良も。

藍良は平静を装っていても、顔と素肌が赤くなっているのは隠しきれていない。

「……藍良。とりあえず、パジャマを着ろ」

「さっくん、聞いて」

「早く部屋から出て着替えてこい」

「いいから聞いて」

「服を着たら、聞くから」

「服を着てなくても聞いて」

無茶を言われる。

藍良は、下着姿のまま俺に歩み寄る。

俺は同じだけ、後ずさる。

「逃げないで」

「……だから、無茶を言うな」

藍良はまだ歩み寄る。

俺の背中が壁に当たった。これ以上、後ろには逃げられない。

「さっくん、壁伝いに横に逃げないで」

広くない部屋なので、藍良にあっさり逃げ道を塞がれた。

藍良は腕を伸ばし、つかまえたとばかりに俺を正面から抱きしめる。

その人肌のぬくもりは、小刻みに震えていた。

「私……考えたの。さっくんが眠るための練習方法を」

その声もまた、震えていて。

緊張と羞恥のあまり、瞳が涙で満ちていて、花のように綺麗な雫が今にも舞い散りそうで。

だけど表情は真剣で、切実で。

確固たる意志を秘めていて。

だから俺は、覚悟を決めて次の言葉を待つしかなかった。

「さっくんは、私がそばにいれば、眠れるのよね。あの日の夜も、泊まりキャンプでも、手をつなぐことで眠れたのよね。そう考えると……たぶん、ぬくもりっていうか、人肌が必要なんだと思う。だから……私は、下着姿でこうしてるの」

……ど、どういうことでしょうか？

「肌の面積を広くして……さっくんに、抱きつきながら眠る。手をつなぐよりも、効果があると思う。さっくんはきっと、恐怖症を克服できるはずよ」

……そ、そうなるんでしょうか？

「い、いや、待ってくれ」

「待たない」

「なにかおかしいだろ……？」

「どこが？」

「もしもだ。俺が今後、藍良と手をつなぐどころか、抱き枕にしないと眠れない体質になったとしたら……おまえはどう思う？」

「嬉しいよ」

そ、そうなの？

「さっくんは、眠ることが怖い。だから、怖くないんだって思えればいい。でも心でそう思っても、うまくいかない。だったら、身体に覚え込ませるの。健康な身体が、健康な精神を作るのよ。おいしい料理を食べると機嫌がよくなるのと同じ理屈よ」

説得力があるような、ないような……。

「それからちょっとずつ、私がいなくても眠れるように練習をすればいい。さっくん、いきなりひとりで眠ろうとするからダメだったんだと思う。何事も一歩ずつよ。焦っちゃダメよ」

「それはその通りかもしれないが……」

クラクラする。

藍良の柔肌が気持ちよすぎるせいで、なんかもう、頭がうまく回らない。

「で、でもさ……藍良。こんなことして、恥ずかしくないのか？」

「恥ずかしいよ」

強がって否定するかと思いきや、藍良は認めた。

「でもこんな羞恥、さっくんの苦しみに比べたら些細なことじゃない。さっくんの痛みが少

しでも和らぐなら……私は、裸にだってなれるよ」

「………」

「ううん……何事も一歩ずつなんだから、最初の練習は人肌を最大限にしないといけなかった。なのに私、勇気がなかったみたい……それじゃあダメよね」

藍良は、意を決したように俺から離れた。

「私……裸で、さっくんの抱き枕になる」

藍良は、腕を背中に回した。

俺の目の前で、ブラジャーのホックを外そうとする。

なんのためらいもなく。そうするのが当然であるかのように。

なんて情熱だ。なんて覚悟だ。

藍良。おまえのその勇気が俺にはまぶしく、だから目を背けたくなるけれど。

「……藍良」

俺は、藍良を抱きしめて、下着を脱ごうとする手を止めた。

「ありがとう。その気持ちだけで、充分だ……」

藍良は、泣いた。

涙はみるみるうちに本降りとなり、大雨のように大泣きした。

我慢が限界を超えたからだ。

強がりに決まっている。無理をしていたに決まっている。

いくら情熱や覚悟、勇気があったって、怖いものは怖いに決まっている。

「……お父さんが、言ってたんだ」

藍良は、泣き顔を俺の胸に重ねながら、つぶやいた。

「ボランティアに行くたびに、現地の人によく言われる言葉があるんだって。辛いのは、生活が苦しいことじゃない。世間から忘れ去られてしまうことだって……」

自分が、日常から切り離される恐怖。世界から切り捨てられてしまう絶望。

自分はここにいる。ここに生きているのに。

その叫びの意味は、誰かに聞いて欲しいからに他ならない。

「ほんと言うとね……さっくんがひとりだけでがんばってると、私のこと忘れてるんじゃないかって……それが一番、怖かったの……」

藍良は、俺を見上げる。涙を散らした、星空のような瞳。

この光が、正真正銘の、藍良の本心。

「忘れないで……。あなたには、私がいること……忘れないで」

「忘れないよ」

絶対に忘れない。

闇のような恐怖を凌駕する、この光のぬくもりを、俺は決して忘れない。

俺たちは床につく。
ふたり、寄り添いながら。
なんて幸せなんだろう。
藍良が幸せそうだから、俺も幸せになれるんだ。
ああ、そうか。
俺は、もう。
藍良がいなければ、生きていけないのかもしれないな。
この、冒険という名の道を。
人生という名の旅路を――

エピローグ

ゴールデンウィークの最終日。

俺は、沢原駅前にある数少ない居酒屋にやって来た。

手にはキャンプ土産がある。待ち合わせをしている仕事仲間に渡すつもりだ。

「こんにちは、見取先生」

和歌月先生が一足早く、店の前で待っていた。手荷物の紙袋は、俺と同じく土産だろうか。

「おふたりさん、お待たせー」

お待たせと言いつつ、遅刻魔の鍵谷もちゃんと約束通りの時間に来た。

「オレ、遊ぶことに関してだけは誠実なんよ。女の子とのSNSも、未読スルーも既読スルーも絶対にしないからねー、こう見えて」

「こう見えてもなにも、見たままだろ」

「てか、和歌月ちゃん。オレも一緒でよかったん？　見取ちゃんとふたりきりのほうが……」

「はわわ！　はわわはわわ！」

「よけいなお世話って言われたんで、じゃあみんなで店入ろっか」

「おまえ、解読できるんだな……」

そんなわけで、今日はひさしぶりに三人で居酒屋で飲む。

昼間から酒を飲むこと自体、いつ以来かわからないくらいだ。もちろん晩酌は諦めることになるけどな。

入店し、店員に席まで案内されている途中、俺は周囲を確認する。

「見取先生、どうかしましたか？」

「あ、いや。ただのクセです」

つい沢高の生徒がいないか探してしまった。そこまでの不良はいないと信じたいが、職業病ってやつだ。

「見取ちゃんの懸念、わかるよ。うちらは立場上、万が一生徒を見つけたら注意して帰らせないといけないかんねー、休日なのに仕事するなんてうんざりだよね」

「おまえはどうせ見つけても、見て見ぬフリするんだろ」

「オレはそこまで薄情じゃないって。かわいい子なら一緒に飲むくらいするからねー」

「鍵谷先生っ、冗談とはいえ不謹慎ですよっ」

和歌月先生、たぶん鍵谷は冗談ではなく本気で言ってますよ。

席に着いてドリンクを注文し、運ばれてきた生ビールのジョッキで乾杯した。

俺と鍵谷は一気にビールをあおる。酒に強くない和歌月先生は、ビールの泡を小動物のようにかわいらしく舐めていた。

「でもめずらしいじゃん、見取ちゃんがオレらを飲みに誘うなんて。和歌月ちゃんを誘ってるってもっと早く知ってたら、オレは断ってたけどさ」

「あうあうあっ！　鍵谷先生、いいかげんにしないと怒りますよっ！」

「オレは和歌月ちゃんの味方なのになー。で、見取ちゃんのココロは？」

俺は苦笑しながら答える。

「なんていうか。やっと、気持ちに余裕ができたっていうかさ」

「オレらを飲みに誘う余裕ができたってことね。星咲藍良ちゃんとうまくやっていけそうってことなんよね。そっか、よかったじゃんか」

「見取先生、それでも困ったことがあったら、遠慮なく言ってくださいね？」

「ありがとうございます、和歌月先生。そのときはよろしくお願いします」

「へぇ。仲間にも頼りたがらない見取ちゃんだったのに、変わったじゃん。心境の変化？　それも、藍良ちゃんとうまくいってるから？」

「そうかもな」

鍵谷は肩をすくめる。その態度に嫌みはなく、どこか安心した雰囲気があった。

「見取ちゃん、今日は藍良ちゃんに家族サービスしなくてよかったん？」

「家族サービスなら、この前ふたりで泊まりキャンプをしてきたよ。今日は、藍良は友だちと遊んでるんだ」

泉水流梨とショッピングに行っている。今度はなにを買うのやら。

「キャンプとか、ゴールデンウィーク満喫してるじゃん。オレも昨日まで海外旅行してたけどねー、ヨーロッパの各国を気ままに巡ってたよ」

「そっちのほうが満喫してるじゃねえかよ……誰と行ってきたんだ？」

「ひとり旅。ちょっと長いアーティストデートってやつ」

アーティストデートとは、自分自身と創造性を育むようなデートをすることだが、普通はもっと短い時間を指す。

「それがさ、聞いてよ」

鍵谷がビールを飲みながら身を乗り出す。

「旅行中に、同じくひとり旅の男と出会ったんだけどさ、Ｗｉ‐Ｆｉスポットをめちゃ真剣に探してんの。なんか緊急事態なのかと心配になって、ポケットＷｉ‐Ｆｉ貸してあげたんだけどさ。そいつ、スゲー感謝してくれて。で、スマホでなにやり出したと思う？　マッチングアプリだよ！　現地のかわいい子と出会うために！　いやー、エモかったね。意気投合しちゃったね。その夜はつい、ふたりで一緒に朝まで春を楽しんじゃったよー」

おまえ、和歌月先生がいるんだから話題を選べよ。

「えっと……マッチングアプリってなんでしょう？　春ってなんのことでしょう？」

「お花見したってことだよ、和歌月ちゃん」

「あ、そうなんですね。ヨーロッパもこの時期は日本と同じで春ですし、お花見の風習があるんですね。素敵です」

とりあえず、この話題は一刻も早く打ち切ろう。

「和歌月先生は、ゴールデンウィークはなにをしてたんですか？」

「あ、はい。私は国内ですけど、家族旅行に出かけていました。おばあちゃんと、お父さんとお母さん、私の四人で。北海道へのお花見旅行です」

今はちょうど、北海道で桜が見頃になっている。

「和歌月先生、親孝行じゃないですか。それに、おばあちゃん孝行ですね」

「い、いえ、おばあちゃんはまだまだ元気ですから。私が連れていってあげるまでもなく、おばあちゃんが家族を連れていってくれるんです。仕切りたがりなところもあって」

和歌月先生いわく、祖母は元教師で、校長まで務め上げたそうだ。

俺は感嘆する。校長になって定年を迎えるのは、教職に就いている者にとっては理想のコースだ。立派な教職員だったんだろう。

「お父さんとお母さんも、教職に就いているんです。私……実は教職一家なんです」

公僕一家の俺に似ているなと思った。そのせいか、親近感が湧く。

「おばあちゃんは、とても厳しい人なんですけど……。特に、教育基本法第九条を忘れてはならないって、事あるごとに言われてきました」

法律に定める学校の教員は、自己の崇高な使命を深く自覚し、絶えず研究と修養に励み、その職責の遂行に努めなければならないという、教育者の基本理念を定めたものだ。

「なにそれ？　そんな法律あんの？」

「鍵谷、おまえも教職員なんだから、それくらい知っておけ」

「オレって渡り鳥だかんねー。風の吹くまま気の向くまま、堅苦しい法律なんかでオレの自由は奪えないってわけ」

「だったら、なんでおまえはわざわざ堅苦しい教職員になってるんだよ」

「女子高生が好きだからに決まってるじゃん」

「鍵谷先生っ、不謹慎ですよっ」

「言葉の綾だって。和歌月ちゃん、なに食べたい？　辛い料理は苦手なんよね？」

「あ、は、はい。居酒屋には慣れてないので、お任せします」

「ラジャ。見取ちゃんは苦い野菜がダメなんよね。じゃあコレとコレとコレとコレと……」

鍵谷は次々と注文していく。

店員を呼ばず、席のタブレットも使わずに、自分のスマホで。いつの間にモバイルオーダーできるようにしてたんだよ。

その後、俺たちは仕事の愚痴なんかを交えながら、酒と食事を楽しんだ。

酔いが回ってくると、口は軽くなるものだ。

情報科教員の鍵谷も、国語科教員の和歌月先生も、社会科教員の俺も、その教科ならではの文句がある。苦労を分かち合えるのは、やはり仕事の同僚しかいない。

「見取せんせぇ……」

和歌月先生が、とろんとした瞳で、いやに距離を近くしながら隣の俺にからんできた。

明らかに酔っ払っている。まだ二杯目を空けていないというのに。

「私って……先生の副担任ですよね？」

「……そうですね」

「先生は……私の正担任ですよね？」

「……そうですね」

「じゃあ私は……先生の、なんですか？」

「……いや、副担任ですよね」

「違います！」

和歌月先生は理不尽にも言い切った。明らかに悪酔いしていた。

「おばあちゃんが言ってました！　正副の区別がない担任の関係こそ、理想の学級運営に必要だって！　私なりに解釈すると、見取先生ともっと親密な関係になるべきってことです！」

「わ、和歌月先生、落ち着いて」

「今の私は落ち着く暇もないほど昂っているんです……！」

酔っ払い特有のハイテンションとしか言いようがない。

和歌月先生に酒乱の気があるのは経験上知っているのだが、ここまで激しくからんでくるのはさすがに初めてだ。

鍵谷に助けを求めても、ニヤニヤと傍観しているだけだった。

「見取先生は『愚者は経験に学び、賢者は歴史に学ぶ』という言葉を知ってますか！」

「し、知ってますが……」

「ですが私は、歴史よりも経験こそ大切だと思います！　歴史というのは、常に権力者側の記録だけが正式なものとして残っていくんです！　改ざんされた歴史よりも、嘘偽りのない経験のほうが尊いのは確定的に明らかです！　社会科教員の先生ならわかりますよね！」

「れ、歴史にそういう面があるのは否めませんが……」

「なので見取先生！　私に経験をください！」

な、なんの経験？

「先生……じっとしてて……？」

和歌月先生の悩ましげな眼差しに、ドキッとした。

童顔でちっこくて、俺にとって恋愛対象外である女子高生にしか見えないサイズ感の和歌月先生なのに。

色気がある今の彼女は、子どもっぽい雰囲気の普段とはまるで別人。

俺はこのとき、彼女に対して、女というものを初めて感じた。

「うん……そのままでいて……？　私と一緒に、気持ちよくなりましょう……？」

催眠術にも似た、桃源郷に誘おうとするその手管に、俺は抗うことができなかった。

そして。

和歌月先生は、俺の膝の上にちょこんと乗った。

「これでよし……えへへ」

すごく満足そうだった。

これが和歌月先生の精一杯の桃源郷なのだと悟った。

俺が感じたはずの和歌月先生の中にあった女は、しおしおと萎れていった。

「幸せ……ですぅ……」

……なんかもう、小動物的な愛らしさに頭を撫でてあげたくなる。いい子いい子してあげたくなる。このまま後ろからぎゅってしてあげたくなる。

「和歌月ちゃんってからみ酒で、甘え上戸だかんね。祖母の躾が厳しくて、甘えることが難しかった家庭環境が影響してるのかもね」

鍵谷が勝手に得心していた。

もう和歌月先生の耳には誰の言葉も届いていないようで、俺の膝の上でうっとりしている。

……鍵谷の指摘が本当なら、和歌月先生はやはり俺に似ている。ますます親近感を覚える。

和歌月先生は満足そうだし、しばらくこのままでいいかと考えていると、鍵谷がスマホのカメラで俺たちを録画し出した。

「やめろよおまえ……」

「なんかに使えるかなって」

「……その動画を悪用して和歌月先生が傷つくような事態になったら、俺の手でおまえに臭い飯を食わせてやる。法学部卒をなめんなよ」

「そんなバカな真似するわけないっしょ、オレは和歌月ちゃんの味方だよ？　いろんな意味でね。だからこの動画は和歌月ちゃんを応援するために使うよ。いつか、ね」

「……なにをどうすれば、その動画が和歌月先生のためになるって言うんだ」

「恋とは駆け引き。告白とはタイミング。恋愛成就の定石っしょ」

「誰の言葉だよ」

「オレの言葉だよー」

鍵谷の、冗談なのか本気なのか知れない態度に、ふと思い浮かんだ可能性。

「おまえ……もしかして、和歌月先生のこと好きなのか？」

「へえ？　そんな勘ぐりするってことは、見取ちゃんも少しは和歌月ちゃんのこと意識してるのかな？」

「……なんでそうなる」

「あれ、じゃあオレを意識してんの？　オレにそんな趣味ないよ？」

「俺だってねえよ！」

「あ、女の子からメッセージ来た。ちょっと待ってねー」

……嘆息せざるを得ない。

「くるしさや……」

和歌月先生が、うとうとと眠そうにしながら、よくわからないことをつぶやいた。

「恋の下萌え……ほの緑」

「……和歌月先生？　今のは、俳句ですか？」

「すー……」

和歌月先生は俺の膝の上で眠ってしまった。

倒れないよう、俺は後ろから抱っこして支えてあげるしかなかった。

そろそろお開きという時間になった頃、和歌月先生はようやく酔いから覚めてくれた。

「はわわ……？　あうあうあっ⁉」

俺の膝の上に乗り続けていた和歌月先生は、飛び上がって離れると、ものすごい勢いでペコペコと謝った。

そんな俺たちを前にして、鍵谷が肩をすくめながら笑っていた。

「さっくん、おかえりなさい」

飲み会から帰宅すると、藍良は先に帰ってきていて、俺を玄関で出迎えてくれた。

「クンクン」

決まった儀式のように俺を嗅いでくる。

「さっくん、お酒飲んできた？」

「……ちょっとだけな」

「ちょっとじゃない。ビールをジョッキで三杯も飲んできたのね」

匂いだけでそこまでわかるのかよ！

「飲み過ぎだから、さっくんはしばらく休肝日ね」

「……わかってる。覚悟の上だ」

「さっくん……そうまでして、今日は飲みたかったの？」

「まあな。一緒に飲んだのが、仕事仲間……友だちだったからな」

キャンプ土産は、和歌月先生と鍵谷に別れる前に渡した。ふたりからも、それぞれ旅行の土産をもらっている。

「友だち……そっか。じゃあ少しくらいは許してあげる。休肝日は、明日だけでいいよ」

明日の料理も俺の嫌いなメニューではなく、胃と肝臓に優しいものを出してくれると、そう祈ることにしよう。

「そっちは、泉水とショッピングしてたんだよな。なに買ったんだ？」

「……下着」

つぶやいた途端、藍良はそっぽを向いた。頬を赤らめながら。

「流梨さんから……かわいい下着を教えてもらったの。見られても恥ずかしくないように……。さっくんを……少しでも、癒やせるように」

……そうか。また今夜も、下着姿の藍良と一緒に眠ることになりそうだ。

がんばれ、俺の理性。

「そ、それよりさっくん。晩ご飯は焚き火料理にしない？　泊まりキャンプだけじゃなくて、庭キャンプの写真も撮りたいなって思って」

その要望は、前に一度聞いている。

まだ陽は高い。これから準備をすれば夕飯には充分間に合うし、片付けだって陽が完全に落ちてしまう前に終えられるだろう。

「そうしようか。じゃあ俺、じいちゃんのカメラを持ってくるよ」

「ありがと。自撮りも好きだけど……でも今回は、さっくんにお願いしようかな」

俺たちはさっそく庭に出て、テントやタープの設営を始める。

藍良は、泊まりキャンプでは使えなかったイルミネーションを、庭のリビングスペースに嬉しそうに飾っていた。

息の合った俺たちの作業を、ウッドデッキで丸くなったトレジャーが、あくびをしながら見守っていた。

設営を終えてから、俺は祖父が愛用していたカメラを準備する。

そのカメラは高機能なミラーレス一眼で、扱いに不慣れな俺では時間がかかったが、どうにかセッティングすることができた。

とはいえ、こうしてかしこまり、改まって写真を撮るのは気恥ずかしい。

「お父さんも冒険先で、現地の人たちとの写真をよく撮ってたみたい。誰かと笑い合った写真は、一生の宝物だって言って」

だとしたら、この気恥ずかしさもまた、ひとつの宝物なのかもしれない。

三脚で固定したカメラにタイマーシャッターをセットし、俺たちはテントとリビングスペースを背後に、並んで立つ。

飾り付けたイルミネーションが、日中にあってもピカピカと星のように光っている。

そうして、シャッターが切られる瞬間。

藍良は俺の腕を取り、身体を寄せた。

笑顔で。

その仕草は、さながら恋人のようで。

きっと、これからも増えていく、俺たちのツーショット。

その都度、藍良のスマホの新しい壁紙になっていると気づくのは、もうちょっと先の話。

――カシャ。


これは、俺と彼女の「空白のない世界を旅する物語」。

空白がないというのは、この現代において、未知なる地理がないということ。

だから処女地を探求する冒険家という職業は、廃れていった。

なのに、世界を巡りたいと願う旅人は、後を絶たない。

なぜだろう？

きっと、出会いを求めているから。

未知なる地理はなくとも、未知なる誰かは存在する。

未踏の地はなくなっても、旅という名の人生に、人との出会いは待っている。

それが秘宝の正体なのだろう。

たとえ出会いのあとに、別れが待っているのだとしても。

旅人たちは皆、去り際には、決まってこう言い合うらしい。

『止まるな。君の旅を続けるんだ』

『それじゃあまた、世界のどこかで！』

誓（ちか）うよ、藍良（あいら）。

俺は止まらず、君と共に、夢を追う旅を続けると。

あとがき

改めまして。なかひろと申します。

電撃文庫様から、こうして2巻目をお届けすることができました。

これもひとえに読者様の応援のおかげです。ありがとうございます！

1巻のあとがきでは、私の出身地である新潟について触れましたので、今回は作品の舞台である沢原に言及したいと思います。

沢原は、千葉県香取市佐原をモチーフにしています。

関東で初めて「重要伝統的建造物群保存地区」に選定されており、「小江戸」とも呼ばれるレトロな町並みが残っている土地です。

もし観光に来たら、まず体験して欲しいのが「舟めぐり」です。

江戸情緒あふれる小野川沿いの景色を堪能でき、船頭さんが町の歴史についてお話ししてくれたりと、舟に乗りながら楽しい一時を過ごすことができます。

また佐原は、日本で初めて全国の実測地図を作った伊能忠敬とゆかりが深い土地です。記念館はもちろんのこと、伊能忠敬が佐原に在住していた時代の家も残っていて、こちらも自由に見学することができます。

ほかにもご当地グルメ等、まだまだたくさんあるのですが、観光するときのお楽しみということで、これより謝辞に移ります。

イラストご担当の涼香先生。1巻に引き続き、キャラクターに命を吹き込む、素晴らしいイラストをありがとうございます！

編集の近藤様。こちらも1巻に引き続いての諸々のご助言、ありがとうございました！　今度一緒にシュラスコを食べにいきましょう！

そして、校正のご担当者様、デザイナー様、営業広報様、その他出版に関わってくださったすべての皆々様に、心より感謝申し上げます！

最後に、本書をお手に取っていただいた読者様。1巻と同様に楽しんでいただけましたら、それに勝る喜びはありません。

世界のどこかで、再び巡り会えることを、心より願っています。

２０２２年　なかひろ

◉なかひろ著作リスト

「娘のままじゃ、お嫁さんになれない！1〜2」（電撃文庫）

本書に対するご意見、ご感想をお寄せください。

ファンレターあて先
〒102-8177　東京都千代田区富士見2-13-3
電撃文庫編集部
「なかひろ先生」係
「涼香先生」係

読者アンケートにご協力ください!!

アンケートにご回答いただいた方の中から毎月抽選で10名様に「図書カードネットギフト1000円分」をプレゼント!!

二次元コードまたはURLよりアクセスし、
本書専用のパスワードを入力してご回答ください。

https://kdq.jp/dbn/　パスワード　6icrd

●当選者の発表は賞品の発送をもって代えさせていただきます。
●アンケートプレゼントにご応募いただける期間は、対象商品の初版発行日より12ヶ月間です。
●アンケートプレゼントは、都合により予告なく中止または内容が変更されることがあります。
●サイトにアクセスする際や、登録・メール送信時にかかる通信費はお客様のご負担になります。
●一部対応していない機種があります。
●中学生以下の方は、保護者の方の了承を得てから回答してください。

本書は書き下ろしです。

この物語はフィクションです。実在の人物・団体等とは一切関係ありません。

電撃文庫

娘のままじゃ、お嫁さんになれない！2

なかひろ

2022年7月10日　初版発行

発行者　青柳昌行
発行　株式会社KADOKAWA
〒102-8177　東京都千代田区富士見2-13-3
0570-002-301（ナビダイヤル）
装丁者　荻窪裕司（META＋MANIERA）
印刷　株式会社暁印刷
製本　株式会社暁印刷

※本書の無断複製（コピー、スキャン、デジタル化等）並びに無断複製物の譲渡および配信は、著作権法上での例外を除き禁じられています。また、本書を代行業者等の第三者に依頼して複製する行為は、たとえ個人や家庭内での利用であっても一切認められておりません。

●お問い合わせ
https://www.kadokawa.co.jp/（「お問い合わせ」へお進みください）
※内容によっては、お答えできない場合があります。
※サポートは日本国内のみとさせていただきます。
※ Japanese text only

※定価はカバーに表示してあります。

©Nakahiro 2022
ISBN978-4-04-914345-4　C0193　Printed in Japan

電撃文庫　https://dengekibunko.jp/

電撃文庫創刊に際して

文庫は、我が国にとどまらず、世界の書籍の流れのなかで〝小さな巨人〟としての地位を築いてきた。古今東西の名著を、廉価で手に入りやすい形で提供してきたからこそ、人は文庫を自分の師として、また青春の想い出として、語りついできたのである。

その源を、文化的にはドイツのレクラム文庫に求めるにせよ、規模の上でイギリスのペンギンブックスに求めるにせよ、いま文庫は知識人の層の多様化に従って、ますますその意義を大きくしていると言ってよい。

文庫出版の意味するものは、激動の現代のみならず将来にわたって、大きくなることはあっても、小さくなることはないだろう。

「電撃文庫」は、そのように多様化した対象に応え、歴史に耐えうる作品を収録するのはもちろん、新しい世紀を迎えるにあたって、既成の枠をこえる新鮮で強烈なアイ・オープナーたりたい。

その特異さ故に、この存在は、かつて文庫がはじめて出版世界に登場したときと、同じ戸惑いを読書人に与えるかもしれない。

しかし、〈Changing Times,Changing Publishing〉時代は変わって、出版も変わる。時を重ねるなかで、精神の糧として、心の一隅を占めるものとして、次なる文化の担い手の若者たちに確かな評価を得られると信じて、ここに「電撃文庫」を出版する。

1993年6月10日
角川歴彦

電撃文庫DIGEST　7月の新刊

発売日2022年7月8日

第28回電撃小説大賞《銀賞》受賞作
ミミクリー・ガールズ
著／ひたき　イラスト／あさなや

2041年。人工素体──通称《ミミック》が開発され幾数年。クリス大尉は素体化手術を受け前線復帰……のはずが美少女に!?　クールなティータイムの後は、キュートに作戦開始！　少女に擬態し、巨悪を迎え撃て！

第28回電撃小説大賞《選考委員奨励賞》受賞作
アマルガム・ハウンド
捜査局刑事部特捜班
著／駒居未鳥　イラスト／尾崎ドミノ

捜査官の青年・テオが出会った少女・イレブンは、完璧に人の姿を模した兵器だった。主人と猟犬となった二人は行動を共にし、やがて国家を揺るがすテロリストとの戦いに身を投じていく……。

はたらく魔王さま! おかわり!!
著／和ヶ原聡司　イラスト／029

健康に目覚めた元テレアポ勇者!? カップ麺にハマる芦屋!?　真奥一派が東京散策??！　大人気『はたらく魔王さま！』本編時系列の裏話をちょこっとひとつまみ。魔王たちのいつもの日常をもう一度、おかわり！

シャインポスト③
ねえ知ってた？　私を絶対アイドルにするための、ごく普通で当たり前な、とびっきりの魔法
著／駱駝　イラスト／ブリキ

紅葉と雪音のメンバー復帰も束の間、『TINGS』と様々な因縁を持つ『HY:RAIN』とのダンス・歌唱力・総合力の三本勝負が行われることに…しかも舞台は中野サンプラザ!?　極上のアイドルエンタメ第3弾！

春夏秋冬代行者
夏の舞 上
著／暁 佳奈　イラスト／スオウ

黎明二十年、春。花葉雛菊の帰還に端を発した事件は四季陣営の勝利に終わった。だが、史上初の双子神となった夏の代行者、葉桜姉妹は新たな困難に直面する。結婚を控える二人に対し、里長が言い渡した処分は……。

春夏秋冬代行者
夏の舞 下
著／暁 佳奈　イラスト／スオウ

瑠璃と、あやめ。夏の双子神は、四季の代行者の窮地を救うべく、黄昏の射手・巫覡輝矢と接触する。だが、二人の命を狙う「敵」は間近に迫っていた??。季節は夏。戦いの中、想い、想われ、現人神たちは恋をする。

ギルドの受付嬢ですが、残業は嫌なのでボスをソロ討伐しようと思います5
著／香坂マト　イラスト／がおう

憧れのリゾート地へ職員旅行！　…のハズが、永遠に終わらない地獄のループへ突入!?　楽しい旅行気分を害され怒り心頭なアリナの大鎚が向かう先は……!?　大人気異世界ファンタジー第5弾！

恋は双子で割り切れない4
著／高村資本　イラスト／あるみっく

那織を部屋に泊めたことが親にバレた純。さらに那織のアプローチは積極的になっていくが、その中で純と衝突して喧嘩に発展してしまう。仲裁に入ろうとする琉実だったが、さらなる一波乱を呼び……？

アポカリプス・ウィッチ⑤
飽食時代の【最強】たちへ
著／鎌池和馬　イラスト／Mika Pikazo

三億もの『脅威』が地球に向けて飛来する。この危機を乗り切るには『天外四神』が宇宙へと飛び出し、『脅威』たちを引きつけるしかなかった。最強が最強であるが故の責務。歌貝カルタに決断の時が迫る──。

娘のままじゃ、お嫁さんになれない!2
著／なかひろ　イラスト／涼香

祖父の忘れ形見、藍良を娘として引き取ってから2か月。桜人が教師を務める高校で孤立していた彼女も、どうにか学園生活を送っているようだ。だが、頭をかすめるのは藍良から告げられたとんでもない言葉だった──。

嘘と詐欺と異能学園3
著／野宮 有　イラスト／kakao

学園に赴任してきたニーナの兄・ハイネ。黒幕の突然の登場に動揺しつつも奮起するジンとニーナ。ハイネが設立した自治組織に参加し、裏ではハイネを陥れる策を進行させるという、超難度のコンゲームが始まる。

新作
運命の人は、嫁の妹でした。
著／逢縁奇演　イラスト／ちひろ綺華

互いの顔を知らないまま結婚したうえ、嫁との同棲より先に、その妹・獅子乃を預かることになった俺。だがある日、獅子乃と前世で恋人だった記憶が蘇って……。つまり〈運命の人〉は嫁ではなく、その妹だった!?

姫騎士アルウィンに養われ、人々から最低のヒモ野郎と罵られる
元冒険者マシューだが、彼の本当の姿を知る者は少ない。
「お前は俺のお姫様の害になる——だから殺す」
エンタメノベルの新境地をこじ開ける、衝撃の異世界ノワール！

電撃文庫

第28回
電撃小説大賞
金賞
受賞作
エンド・オブ・アルカディア
死ぬことのない戦場で
死に続けた彼と彼女の、
邂逅と共鳴の物語！
蒼井祐人 【イラスト】——GreeN
Yuto Aoi
END OF ARCADIA
彼らは安く、強く、そして決して死なない。
究極の生命再生システム《アルカディア》が生んだのは、複体再生〈リスポーン〉を駆使して戦う１０代の兵士たち。戦場で死しては復活する、無敵の少年少女たちだった——。
電撃文庫

この△(さんかく)ラブコメは幸せになる義務がある。

[著]榛名千紘
[ILL.]てつぶた

ラブコメ史上、
もっとも幸せな三角関係！
これが三角関係ラブコメの到達点！

平凡な高校生・矢代天馬はクールな美少女・皇凜華が幼馴染の椿木麗良を溺愛していることを知る。天馬は二人がより親密になれるよう手伝うことになるが、その麗良はナンパから助けてくれた彼を好きになって……!?

電撃文庫

第28回電撃小説大賞
銀賞
受賞作
愛が、二人を引き裂いた。
BRUNHILD
竜殺しのブリュンヒルド
THE DRAGONSLAYER
東崎惟子
[絵] あおあそ
最新情報は作品特設サイトをCHECK!
https://dengekibunko.jp/special/ryugoroshi_brunhild/
電撃文庫

おもしろいこと、あなたから。

電撃大賞

自由奔放で刺激的。そんな作品を募集しています。受賞作品は
「電撃文庫」「メディアワークス文庫」「電撃の新文芸」等からデビュー!

上遠野浩平(ブギーポップは笑わない)、
成田良悟(デュラララ!!)、支倉凍砂(狼と香辛料)、
有川 浩(図書館戦争)、川原 礫(ソードアート・オンライン)、
和ヶ原聡司(はたらく魔王さま!)、安里アサト(86−エイティシックス−)、
瘤久保慎司(錆喰いビスコ)、
佐野徹夜(君は月夜に光り輝く)、一条 岬(今夜、世界からこの恋が消えても)など、
常に時代の一線を疾るクリエイターを生み出してきた「電撃大賞」。
新時代を切り開く才能を毎年募集中!!!

電撃小説大賞・電撃イラスト大賞

賞(共通)
大賞……………正賞+副賞300万円
金賞……………正賞+副賞100万円
銀賞……………正賞+副賞50万円

(小説賞のみ)
メディアワークス文庫賞
正賞+副賞100万円

編集部から選評をお送りします!
小説部門、イラスト部門とも1次選考以上を
通過した人全員に選評をお送りします!

各部門(小説、イラスト)WEBで受付中!
小説部門はカクヨムでも受付中!

最新情報や詳細は電撃大賞公式ホームページをご覧ください。
https://dengekitaisho.jp/

主催:株式会社KADOKAWA